创新点亮未来

广 州 智 能 制 造 纪 实

邹加君 著

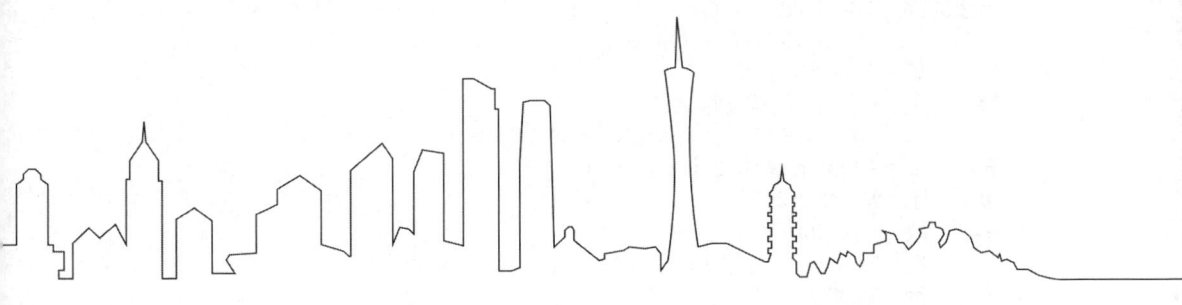

图书在版编目（CIP）数据

创新点亮未来：广州智能制造纪实 / 邹加君著. -- 广州：花城出版社，2021.11
（追梦之路：潮涌珠江向大海）
ISBN 978-7-5360-9475-8

Ⅰ. ①创… Ⅱ. ①邹… Ⅲ. ①报告文学－中国－当代 Ⅳ. ①I25

中国版本图书馆CIP数据核字(2021)第178027号

出 版 人：肖延兵
策划编辑：张　懿　陈宾杰
项目统筹：陈诗泳
责任编辑：陈诗泳　梁宝星
技术编辑：凌春梅
封面设计：荆棘设计

书　　名	创新点亮未来：广州智能制造纪实 CHUANGXIN DIANLIANG WEILAI GUANGZHOU ZHINENG ZHIZAO JISHI
出版发行	花城出版社 （广州市环市东路水荫路11号）
经　　销	全国新华书店
印　　刷	深圳市福圣印刷有限公司 （深圳市龙华区龙华街道龙苑大道联华工业区）
开　　本	787毫米×1092毫米　16开
印　　张	13　2插页
字　　数	190,000字
版　　次	2021年11月第1版　2021年11月第1次印刷
定　　价	56.00元

如发现印装质量问题，请直接与印刷厂联系调换。
购书热线：020-37604658　37602954
花城出版社网站：http：//www.fcph.com.cn

追梦之路
潮涌珠江向大海

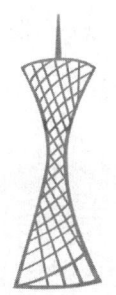

本书编委会

编委会主任：徐咏虹
编委会副主任：胡训军
编委会成员：（按姓氏笔画排序）
皮　健　刘　鉴　何　龙　余少东
陈　昉　陈　思　张　敏　周志坚

总序

在百姓生活中感受自信

中共中央总书记习近平在庆祝中国共产党成立100周年大会上庄严宣告:"经过全党全国各族人民持续奋斗,我们实现了第一个百年奋斗目标,在中华大地上全面建成了小康社会,历史性地解决了绝对贫困问题,正在意气风发向着全面建成社会主义现代化强国的第二个百年奋斗目标迈进。"

当今世界正处在百年未有之大变局。伫立云山珠水,面向浩瀚的海洋,在实现全面小康社会迈步向建设现代化国家征程的大道上,探寻其奋斗与梦想的实践逻辑和文学逻辑,是一件很有意义的事情。报告文学是一个很好的表达方式。

文学作品是一种价值创造。一个社会的发展，往往充满了曲折、坎坷、苦难，坚定就成为一种重要的力量。当面对黑暗，寻找那一缕星光，梦想就成为一种重要的力量。任何一种文明的发展，肯定会出现这样或那样的问题，任何问题都有其多面性，但向上的力量永远是其主要价值。这也是文学作品的一个价值取向和重要功能。一切的形式都要服务于作品的内容，好的形式深化了好的内容，这就是价值创造。有价值就有灵魂，有灵魂的东西能让人走远，能让人看到希望。

文学作品的含金量就是这个时代的含金量。当面对纷繁复杂的世界，聆听时代的声音，揭示社会本质，寻找发展规律，让人看到内心的光芒，让温暖成为一种强大的力量。文学是追寻大道的脚步，是人类文明的音符。

文学作品能看见未来。上接"天气"，下接"地气"，是人与自然的邀约。从出发的地方看初心，从改革开放的大潮中看远方，写的是现在，看到的是明天，走过一道道坎坷，遇见的是美好，成就的是未来。

文学有根才能见到魂。苦难从这里开始，辉煌从这里起步。在这里，感受广州，读懂中国。风云激荡后留下的满天霞光，都将成为人类所仰望的美景。

广州是中国民主革命的策源地，具有红色文化的独特气质。中国民主革命的思想建设、组织建设、人才建设、武装力量建设、农民运动、工人运动、青年运动、妇女运动、武装起义和发生在近代史上的一系列重大事件，很多是在广州发生发展的。广州，对中国革命产生了深远的影响。

广州是中国改革开放先行地，具有开放、创新的独特气质。"敢为天下先""杀出一条血路"的勇气与担当成为这座城市又一独特的精神标志。市场经济的发展，吸引成千上万的人南下务工。"东西南北中，发财到广东。"从产权确认、价格闯关、商品流通到全面开放，从个体到民营、合资、独资，各种不同类型的企业在这里创业、融合、激荡、成长。在短短四十年的时间里，广州就成为世界制造中心，走完资本主义国家几百年才能走完的路。从计划经济、商品经济、社会主义市场经济到十九大报告进一步明确，市场在资源配置中起决定性作用，广州更好地发挥了政府的作用，形成改革开放建立市场经济的基础理论架构，创建一种前所未有的、科学的经济结构和运行体制，运用中国理论、中国方案、中国实践解锁了一个时代的禁锢。广州，为中国特色社会主义制度的形成与成熟提供了生动的实践，为推动深化全国改革开放提供了重要经验，见证了国家整个工业化发展的进程，成为人类发展史上的奇迹，对中国和世界都产生了深远的影响，成为中国特色社会主义改革开放的重要窗口。

广州是粤港澳大湾区文化中心城市，具有多元文化的独特气质。"粤港澳大湾区"不仅是一个地理概念、经济概念，同时也是一个文化概念。香港、澳门与珠三角文化同源、人缘相亲、民俗相近。鸦片战争以来，大湾区人民一起历经苦难，一起斗争，一起流血，一起奋斗，共同成长，在国家民族争取独立解放的过程中，做出了不可磨灭的贡献。特别是改革开放以来，共同创造、共同发展、共同富裕，岭南文化在不断吸收国际文化元素中碰撞、融合、创新，焕发出新的无限的魅力。创造性转化、创新性发展，逐步形成了大湾区人民的国家认同、民族认同、文化认同等多元文化特质。

一个时代有一个时代的主题。建党百年全面建成小康社会，这是人类文明发展史上的大事件。十四亿人口摆脱绝对贫困，成为世界第二大经济体，完备的工业体系、强劲的科研态势，成为人类发展的奇迹。这次蔓延全球的新冠肺炎疫情给人类带来了灾难，也引发了思考。哪种制度机制更有效,哪里的人民生命财产更安全,哪里的幸福更多、更长久,在老百姓的生活里都能得到答案。没有对比的生活,很难让人找到坐标。眼前没有硝烟,觉得和平很平常;没有饥饿,感到温饱很平常;没有灾难,感到团聚很平常。几十年的和平、几十年的发展,让人们心里淡化了危机。小康社会是党的功劳,也是人民的功劳,在分享这份荣光的同时,人民感受到的是小康生活背后的制度优势。数字化、全球化、市场化是我们这个时代的必然生态,社会主义制度的体制机制是引领时代的内在逻辑和根本主题。

一个崛起有一个崛起的密码。追求梦想,实现全面小康,我们为什么能成功?是什么基因?有什么密码?奔跑的每一个人都清楚,从出发到现在的成就,都超出了自己的想象。从一个文盲大国到一个人才大国,从一个农业大国到一个制造大国,从一个贫穷大国到一个经济大国,从一个制造大国到一个科技大国,短短几十年,中国让世界震撼。在回顾历史,感受辉煌中,我们很容易找到"四个自信"的理由和逻辑。我们走过的路、做成的事,没有哪一件是容易的,但中国人做成了,广州人是先行者。中国的发展用西方理论解释不通,中国自己也没有教科书,是摸着石头过河蹚过来的。中国特色社会主义有两个让人们看得到的逻辑:一个现实逻辑就是每一次大的改革、大的阵痛之后,人们都能过上更好的日子;一个理论逻辑是只要以人民为中心,一切的矛盾都可以化解,一切的敌人都可以战胜。这是共产党人成功的密码。

一个生态有一个生态的滋养。全数字化时代,有什么样的需求就有什么样的传播,有什么样的传播就会形成什么样的舆论。生态的核心是受众。全数字化时代的全球化,人们的视野是世界的,但不一定看得清;人们的信息是海量的,但不一定都有用;人们的工作和生活离不开物质享受,但其品质需要精神追求。人们在浮躁后的冷静中,对精神文化产品的需求会有一个很大的提升。用读者喜欢的方式做传播,用读者成长所需的内容做连接,用读者正向需求做引导才会有一个好生态。生态的动脉是时代。社会转换中的矛盾点、人们精神需求的提升点、产品呈现方式的吸引点,就是时代的脚步声。生态的感动是故事。故事是焦点性、支点性的,具有创新性和深刻性。读者在故事中感动,在故事中思索,用一种舒服的方式聊天,和心中的迷惑和解,让内心光明,充满力量,在寻找故事的本真中发现更好的自己。

站在世界看广州,站在广州看未来。"追梦之路:潮涌珠江向大海"丛书,讲述的故事鲜活、深刻、有力量。我国全面建成小康社会,让我们有了足够的自信和底气,昂首阔步迈向社会主义现代化国家新征程。只有经历风雨,走过坎坷,才能遇见美好,看见未来。

目录

第一章　从风雨兼程到岁月惊艳 001

　　一　穿过岁月的河　003
　　二　大潮奔涌创奇迹　009
　　三　通向未来的蓝图　014
　　　　新一代信息技术的方向　015
　　　　汽车制造的明天　016
　　　　高端装备制造的优势　018
　　　　生物医药的担当　018

第二章　智能世界的有心人 021

　　一　一位九旬老人的智能生活　022
　　二　追求绝对安全的载人神鹰　027
　　三　让智慧农业起飞的极飞科技　042
　　四　国研机械的态度　047
　　五　他的乡愁是苦涩的经历　050
　　六　乡村需求就是发展重心　057

第三章　高端装备制造的担当　065

一　黄埔文冲的国之重器　067

　　被美国"制裁"的船厂　067

　　大长中国人志气的国家重器　068

二　瑞松科技的工业机器人　074

　　你好，机器人　074

　　艰辛征程　077

三　广州地铁的智慧装备　082

第四章　从制造到智造，广汽在行动　089

一　梦想正照进现实　091

二　广州人的造车史　094

三　智造，广汽在行动　098

　　布局新能源　098

　　布局智能网联　102

　　布局无人驾驶技术　103

　　布局智能制造　104

　　广汽智能概念车　105

　　通向未来的1615战略　111

第五章　现代生活的品质　113

一　洪水浸过的钢琴　115

二　质量追求从"肖邦"开始　117

三　引领"厨房革命"的欧派　123

四　欧派的大家居时代　129

第六章　百姓的健康最重要　135

一　仁心与爱心　137
回收过期药品的仁心　137
山乡刺梨结爱心　139

二　广药的长寿基因　142
同心济世，长发其祥　142
百折不挠求高寿　151

三　王老吉：品牌文化，王者天下　156

四　广药的创新基因　162
半为慈善半营生　162
金戈铁马，气吞万里如虎　169

五　传承与创新　174
敢打敢拼，毛遂自荐　174
临危受命，撑起广药的天　179
下了一盘很大的棋　181
建神农草堂，凝聚千年中医文化　185

后记　188

| 第一章 |

从风雨兼程到岁月惊艳

必须承认，广州制造业走过了多少年历史道路，目前并无定论。

但有确凿证据表明，至少在秦代，广州一带的船舶制造已经具备相当高的水平了，用起点很高来形容一点儿都不过分。

遗憾的是，经过两千余年的岁月奔流，直到清末，甚至民国时期，广州制造业一直前进缓慢，偶有几个亮点闪动，也只是几朵浪花而已，并无质的飞跃。

而在此同期，西方早已开始了工业革命，坚船利炮，飞速向前，天翻地覆……

但不要慌，广州不会永远落后，因为中华人民共和国成立了，因为人民当家做主了，

更因为，浩荡珠江，卷起了改革开放的春潮——

一　穿过岁月的河

巍峨的南岭像一面高墙，挡住了西伯利亚扑来的滚滚寒流，从南海缓缓升起的暖湿气流一路北上，受到南岭阻隔，在广东停留的时间更长，让这里四季温暖如春，空气湿润……中国风水学上讲究靠山面河。岭南大气魄，靠山面海。靠山，心气壮；面海，胸广阔。即使去掉形而上，靠山山有兽，面海海有鱼，珠江平原，稻米芬芳……这就是岭南得之于天助的地方。

南粤，正因为独占这样优越的地理环境，自古以来，一直吸引着八方来客，同时，又以海一样的胸怀，包容着四方文化。因此，广州除了商业繁荣，制造业也曾经不遑多让。最早引领风骚的，自然是造船了。这也是生存所需，毕竟临海，要讨海，就要有船。

《山海经》说："帝俊生禺号，禺号生淫梁，淫梁生番禺，是始为舟。"

这是对广东制造业最早的记载。

番禺，过去代指广州。据考证，番禺是两座山的名字——番山和禺山。现在，番山和禺山已不复存在，人们在上面建起了擎天的楼房。但是，历史的记载还在。现在的大广州，过去面积很小，大海一直推到越秀山下，域内河涌纵横、池沼遍地……甚至到了民国初年，广州的交通，水路仍占有一半的比例，退回古代，可能就是全部了。

因此，《山海经》说"淫梁生番禺，是始为舟"，并非神话。

远古时代的舟，其实很简单，就是将一截儿木头掏空，但是，制作起来却是一个大工程。所谓刳木为舟，便是讲造船的过程。史前时代，铁器还没有被发明,人们要造舟,只能刳木,也就是用石器一个月两个月地将大树砍倒,再花费几个月的工夫,将大树中间用石器刳空,然后推到水里,便是舟了。这样的舟虽然简单,对于生活在水天泽国的人们来说,却是必不可少的工具。无论河海捕鱼,还是探亲访友,没有舟,寸步难行。

30年前,番禺有人修建水渠挖到一截儿阴沉木,一番清洗后,发现是一只独木舟。

独木舟化成阴沉木,其历史的遥远也就可想而知了。

到秦代,广州的造船业更加兴盛。

秦始皇统一六国后,派大将任嚣征服岭南。任嚣带领数十万铁骑,无坚不摧,但深入岭南腹地后,却远远没有那么顺利了。其实无他,岭南河汊纵横、古榕遍地,封闭交通,因此,尽管秦军的气焰燎天,也被自然条件给消融了。任嚣的兵马,要继续前进,只有借助船。于是他征用能工巧匠,一番叮叮当当,造出了一艘又一艘战船。有了船,任嚣不仅占领了岭南,还一直打到海南岛,设立了南海郡。

任嚣平定了岭南,大秦却出事了。

陈胜、吴广起义,引燃了反抗暴秦的怒火,秦始皇急调任嚣回师保卫,无奈任嚣病重,而且,可能他也看清了大秦的下场将会不妙,所以对龙川令赵佗道:"我是回不去了。岭南是个好地方,就在这称王吧(吾恐难归。岭南风土绝佳,可王矣)。"

赵佗早有此意,任嚣将话挑明了,正遂了他的心愿。

赵佗在岭南征战,知道要让岭南长治久安,无论运兵遣将,还是进行商贸,最好的工具就是船。

1975年,人们在广州中山四路发现秦时的一处造船遗址。考古发现,当时人们已能造出宽5~8米、长30~40米的平底木船。这样的船,就是行驶在现在的江河里,也相当壮观。

赵佗当了一辈子岭南逍遥王,百余岁时无疾而终。

南越国发达的造船业,除了保卫疆域,也用来贸易。当时,南越国和东南亚许多国家都有商贸往来。

1983年，人们在广州象岗施工时，发现一座大墓。经考古发掘，此墓是赵佗孙子赵眜的墓。墓中除了包裹尸骨的金缕玉衣、金印和各种玉器外，还发掘出一大捆非洲象牙（亚洲象牙较细），以此证明，当时南越国和非洲都有贸易了。

汉时，南越国归顺了朝廷，广东商埠开放，一艘艘国外商船开进港湾，也极大地刺激了本土造船业。一艘艘本土大船在广州扬帆起航，去国外进行贸易。

唐宋时期，广州的造船业更加兴盛。"广州海上夷路"，和亚洲、非洲、欧洲120多个国家有着商贸往来。随着广州和各国商贸往来的增多，一些新技术也逐渐得到普及，如受海洋季风影响，一些海外船只到了广州后，要等到冬天才能返航，空暇时间，正好修船。他们雇用中国的工匠帮助在船上铲蚝涂油，同时，有些缝隙采用他们的技术，用桄榔纤维来黏合木船，这一技术，比用钉子更好，马上被当地工匠学到。人们对新技术的掌握，很多都是互通有无的结果。

很显然，造船业，是广州制造历千年不衰的辉煌。

但是很遗憾，除了造船，值得一提的广州制造，也就是手工业了。

因为商贸活动，东南亚国家的很多商人，把所在国盛产的象牙、珠玉、玳瑁大批运来，在广州形成了庞大的手工业加工市场。

民国时统计，广州珠玉加工的商家有4000多家。牙雕产业更是庞大，广府有名的象牙巷，最兴盛时占据了五六条街面……这些作坊，在秦汉时期便已成形，到了明清两代更具规模。尤其清朝同治年间，朝廷废除了"匠籍"制度，工匠可以自由流动，许多工匠被广州吸引，奔赴岭南，为广州的工艺注入了无穷活力。

独特的地理位置，兼容并蓄的岭南文化，让岭南的玉雕、牙雕自成一格、独具特色——典雅秀丽、轻灵飘逸、玲珑剔透，是人们对岭南玉雕、牙雕最好的赞美。

此外，扇子制作，也曾经是广州的重要手工业。

以现在的眼光看，这么说，确实有点寒酸，但彼时，广州造扇业，却是充满自己特色并大量出口的行业。

民间传说，扇子是炎帝发明的，是用雉鸡毛扎制而成，被人们传承下来的。苏东坡写周瑜在赤壁之战中的从容、淡定，便有"羽扇纶巾"之句。说白了，古人无非是受禽鸟扇动翅膀的启发，这才发明了扇子。因此，最早的扇子不离羽毛，文献对鹅毛扇、鸡毛扇都曾有过记载。到后来发明了造纸术，柔软的纸张被人们用竹骨挑起，便有了纸扇。一些文人士大夫将其艺术化，在上面题诗作画，形成了中国画的一种形式——扇面画，一直流传至今。

岭南人制作扇子，却不用纸，而是就地取材，采集遍地都是的蒲葵叶子，压平、晒干，叶子边缘用刀割齐，用草箍固定，便制成了最为自然、质朴的扇子——蒲扇，或称葵扇。

《广东新语》记载："蒲葵诸货，北走豫章、吴浙，西走长沙、汉口，其黠者南走澳门，至于红毛、日本、琉球、暹罗斛、吕宋、帆踔二洋，获大盈利。"资料记载，英国商船"麦士里菲尔德号"1700年7月离开广州时，船上除了载有生丝、丝织品、镶贝珠的茶桌、瓷器、上等茶叶，还有10万柄蒲扇。

1905年，时任两广总督的岑春煊在广州芳草围建西村士敏土厂，购入德国克虏伯-格鲁森厂的机器设备，开始生产后来叫作水泥的"洋灰"。这是广州制造走出带点现代化风气的重要一步。

孙中山在广州发起护法运动时，西村士敏土厂捐出两栋用士敏土做黏合剂建造得最牢固的公事房，作为大元帅府，同时，也为西村士敏土打了一个广告。

1959年，西村士敏土厂改名广州水泥厂，"士敏土"的名字自此退出历史舞台，水泥成为现代建筑的主要材料。

1915年，广州制造结出了一个相当耀眼的果实：中国第一台柴油机在广州问世！

创造制造业新篇章的是均和安机器厂技师陈拔廷、陈沛霖二人，他俩与米号老板何渭文合资创办协同和米厂，制造机械是为了自身所需。当时虽然是参照外国机器仿造，照现在的知识产权标准有剽窃之嫌，但当时却是轰动业界的壮举。有了这件"法宝"，协同和如日中天，十余年时间先后创办机器厂、航运公司十数家，研制生产了内燃机、碾米机、榨蔗机、榨油机、抽水机、采矿机械等，成为华南地区最大的机器制造厂。应该说，这是广州制造业历史中值得记录的高光时段。

紧跟着，又有一个人，主导广州制造业往前走了不小的一步。

他就是争议颇多、曾有南天王之称的陈济棠。

1931年，陈济棠主政广东，推出了三年施政计划，宣称要建成三民主义的新广东。

陈济棠的三年施政计划包含吏治、财政、城乡建设等多方面，其中收效最显著的，一个是教育，一个是产业经济。

教育方面，陈济棠提出了至今听起来仍然挺响亮的口号："教育是立国之本，是永久的事业。"并且他确实采取了不少促进教育的措施，收效良好。资料记载，陈济棠八年治粤之时，全省小学增加了四百余所，学生人数增加了十四万余人；中学增加六十四所，学生人数增加一万六千余人。兴建了华南著名学府中山大学，筹办了工学院、师范学院和商业学院，后又在西村大稻山开办了一所相当于大学的广东陆军军医学校和陆军总医院。在职业教育方面，有由教育厅直接创办的省立第一、第二、第三农业学校和第一职业学校。

制造业方面，他采纳岭南大学农学院教授冯锐的建议，以蔗糖业为龙头，带动多领域产业兴起。在他的政策支持下，一大批造纸厂、纺织厂、制药厂、麻袋厂、硫酸厂、饮料厂、水泥厂、玻璃厂等如雨后春笋般出现在南粤大地上，造就了一大批实业家，也使南粤的制造业出现了兴盛的气象。有观点认为，陈济棠是广东现代制造业的真正奠基人，这有溢美之嫌，但他做出了重要努力，是毋庸置疑的。

当然，后来由于战乱频繁和人事变化等原因，陈济棠主导的以第二产业为主体的经济兴盛只是昙花一现而已，但公允地说，他倾力打下的基础不应无视。尤其是他治理期间修筑的七千多千米公路，还有众多桥梁、港口等基础设施建设，对广东产业经济的兴起，还是起到了相当大的促进作用的。尤其是广州地区的制造业，虽然总体规模不大，但在风雨飘摇的岁月里依然顽强地发展着，缓慢地增长着，到1949年广州解放时，总产值已经超过了第一产业。

也正因此，陈济棠曾经做出的贡献，被人民和历史记住了。

二　大潮奔涌创奇迹

1949年10月，广州迎来了解放。

弃守广州的国民党军队除了炸毁海珠铁桥等几个设施外，未做大面积破坏，交回人民手中的广州城虽然破旧，但基本完整，给迅速恢复经济与秩序带来了不小的便利。当时镇守广州的是著名粤将余汉谋，我解放军进逼广州时，他的部队甚至未放一枪就撤退了。当时的舆论认为是他顾念乡情不忍在大势已去的情况下让广州再陷于战火中，后来有消息解密是他的老同僚、当时已经起义的另一广东名将蒋光鼐策动他的结果。无论是出于哪种原因，余汉谋以相对和平的方式把广州交还给人民，都是值得记上一笔的善举。

建立了新政权的共产党和人民政府，给广州这座千年古城倾注了巨大的热情与活力，掀起了前所未有的建设高潮。特别是以制造业为主的第二产业，更是大张旗鼓，突飞猛进，取得了傲人的成绩。相关数据显示，从1950年到1960年，广州地区的第二产业产值，整整增长了十倍之多。

随后，由于多方面原因，举国经济不妙，广州也难于幸免，有些年份，甚至大踏步后退。像1961年，广州第二产业的产值，就令人恐怖地倒退了40%，直到1965年，还恢复不到1960年的水平。

从1961年到改革开放前的1978年，我国经济总体陷于泥泞裹足、发展缓慢的状态中，有些地区更是到了崩溃边缘。广州作为国家南大门，虽然得益于通道港澳之便利，经济有一定的活跃度，但体量规模很小。1978年广州地区的生产总值，仅有区区的43亿多元。这个数据单独看，或许没什么感觉，但如果我们拿后来卖洗涤产品的立白集团一年的产值就高达200亿来对照一下，就肯定会不平静的；如果拿出2020年广州地区的生产总值突破25 000亿来比较，我们则会为当年的广州岁月揪心，更会为今日取得的成就鼓掌。

1978年广州地区第二产业的总产值是25亿多元，支柱产业是传统的蚕丝纺织制造业。当然，说支柱的底气是不够的，就这么点经济规模，连现在年营收超过1 500亿的广药集团的零头都比不了，哪里说得上什么支柱不支柱，也就是在煎熬中生存着与等待着吧。

那么，等待什么呢？

当然是等待黎明前的黑暗散去，等待改革开放的曙光降临啊！

对内改革、对外开放的政策是在1978年12月召开的十一届三中全会上确立的。广东作为试验区和摸着石头过河的探索者，聚焦了全世界的目光。

因为有深圳的"无中生有"强势崛起，挺立广东改革开放潮头位置的，一直不是广州。抢占先机的除了深圳外，东莞、顺德、中山、珠海等区域也不遑多让，"三来一补"、制衣、电子等产业遍地开花，开得最鲜艳的是东莞、虎门、长安等乡镇，广州的发展只是中规中矩而已。1988年，广州地区的生产总值达到240亿元，10年增长近6倍，从数据上看挺不错，不过从规模上看还是偏弱偏小，增长速度更比不了龙精虎猛的深圳、东莞。

但作为广东省会的广州，作为千年商埠的广州，作为南方政治文化中心的广州，作为高校云集人才储备丰富的广州，它的底蕴与传承是别的新兴城市无法比肩的。随着改革开放的深入与普及，广州作为老大哥的风范逐渐显现，它发力了，它的后劲谁都不能轻视！

2000年，广州的生产总值接近2 500亿，是1988年的10倍还多。这漂亮数据的背后，是更加漂亮的有序布局与无穷活力，是真正的经济大潮宣告开启！

在大潮中飞速向前的，首先是广州的制造业。

一方面，是借助政策春风成立的中外合资企业，迅速形成气候，万宝集团、广智集团、广汽本田，还有中国第一家中外合资企业广州宝洁，都交出了亮丽的成绩单。

另一方面，是不少作为经济基石的国有企业借助体制优势完成了整改规划，开启了成为产业大象的进程，像后来雄踞国家制造业500强前列位置的广州医药集团、广州汽车集团、广州智能装备产业集团、中船海洋与防务装备集团等制造业巨头，都吹响了逐鹿天下的号角。

与此同时，从各阶层脱颖而出的私营创业才俊，也纷纷强势出手，开启各自的商业版图扩张，像后来成就立白洗涤霸业的陈凯旋、开拓海大饲料王国的薛华、创立家居巨头欧派的姚良松、缔造雪松控股多元化帝国的张劲，此时均已挥舞旗帜，纵马驰骋四方了。

此外，更有数不胜数的中小企业如雨后春笋般破土而出，沐浴在改革春风中，在市场经济的大潮里各显其能，放飞梦想，鹰击长空，鱼翔浅底，龙卷风云，虎啸山林，分流兼并，合纵连横，构成了壮观的经济大风景。

总而言之，广州制造业的新篇章已然翻开！

在新篇章里，党的改革政策不断深入，政府相关机构一方面继续扶持传统制造业做大做强，帮助像广州汽车产业群这类有能力改变市场格局的行业扩张版图，一方面倡导与指引相关企业往高端装备技术、电子机械制造、生物医学工程等方面进发，在资金投入、人才集结、税收减免等多方面给予政策优惠，开启了产业升级与转型的新战略，并逐渐形成了广州制造业在数控系统、特种船舶、输配电及控制设备、通信设备、重型装备等新领域的领先优势。在这个进程中，以广州数控、广智集团、中船集团、广州无线电集团等为代表的一批龙头企业飞速发展，贡献良多。像广州无线电集团的军用通信技术和装备制造能力长期位居全国同行首位，海事通导集成业务能力行业第一，是唯一一家能与国际ATM机（自动柜员机）巨头抗衡的、中国规模最大的ATM机制造企业和国内最富成长力的AFC（轨道交通自动售检票系统）设备厂商，在业界的优势非常明显。

党的十八大以来，广州制造业发展更加迅猛，一方面是汽车、船舶、日化、药品、机械、仪表仪器、食品、家电等传统产业威风八面，广汽、容声、金戈、皇上皇、广日、立白、国联、珠江钢琴等一大批名优品牌活力无限，在市场上所向披靡，令"广州制造"畅销世界，闻名遐迩；另一方面，是创新研发卓有建树，高端化、智能化升级大大加速，高端装备、智能汽车、无人机、生物医药、机器人、新材料、芯片等高科技领域捷报频传，在改善经济模式与提升人类生活质量的广泛应用中大显神通，佳都新太、视源电子、瑞松科技、金发科技、冠昊生物、亿航智能、创芯国际、橙行智动、极飞科技、小马智行等，超过12 000家的高新技术企业遍布在各个行业的前沿要冲乘风破浪，规模越来越大，总量稳居内地城市第四名。截至2019年底，年营业收入超过100亿元人民币的企业就有17家，超过10亿元以上的有226家，超1亿元的有1 567家，其中上榜广州独角兽创新企业的13家公司总估值约261.76亿美元，平均估值20.14亿美元。

此外，还有众多企业规模体量尚小，但已在科技尖端摸索日久，曙光在前。它们潜心耕耘，蓄势待发，无疑会不断涌现出一飞冲天的经济大鹏，实现光荣与梦想。

2020年，在新冠肺炎疫情影响下，广州市生产总值仍突破25 000亿，是1949年的8 300多倍，1978年的1 000倍，是2000年的2 500亿的足足10倍。虽然，这庞大的数据有物价上涨的因素，但广州经济成就伟大，是毋庸置疑的。中国内地除了直辖市，地区生产总值超过广州的城市，仅深圳一市。

尤为可喜的是，在这庞大的25 000亿市值中，近年崛起壮大的高科技新兴产业群的贡献功不可没。中国火炬统计数据显示，2019年，全市高新技术企业年度合计实现营业收入超过1.5万亿元，吸纳从业人员110万人，全市高新技术产品产值达到规模以上工业总产值的49%。这虽然不能都界定归功于传统意义上的制造业范畴（因为一些高附加值的新兴产业，产品后面的服务性收入占比很大），但归类为泛制造业的贡献，应该是并无偏颇的。

2020年受新冠肺炎疫情影响，全球经济严重萎缩，广州依然取得增长2.7%的成绩，这是因为高新技术企业发挥了定海神针的作用，在复工复产中，表现出了恢复快、韧性足、潜力大的特点，强力助推广州经济回归正常。

其中，生物医药产业作为广州战略性新兴产业，在"战疫"中成绩斐然。磷酸氯喹、血必净注射液、连花清瘟胶囊、氢氧混合吸入气等4项科研成果及技术纳入国家诊疗方案；AI（人工智能）辅助诊断系统在伊朗、韩国等10个国家完成部署；达安基因、万孚生物、和信健康三家公司的检测试剂盒获国家注册、欧盟CE（安全合格）认证，累计销售超过1.6亿人份；金域医学累计检测超过2200万例，单机构累计检测量全球第一。

新兴产业群的崛起，无疑意味着广州的现代化产业体系已经逐步构建形成，意味着一次更加波澜壮阔的经济大潮将会展开。

三 通向未来的蓝图

2021年，是我国的第十四个五年规划的开启之年，广州的经济新蓝图早已绘制，新征程正向着未来展开——

构建现代化产业体系、缔造和壮大新兴产业群是最重要的战略方向与目标。为实现这个战略目标，政府相关部门，已经在进一步改善营商环境、促进创新驱动方面做出了巨大努力。首先是加快落实"数字政府"建设，简政放权，提升政府自身的服务功能；其次是在人才引进与培养、招商引资、金融配套服务、产业园区打造等方面不遗余力，出台了一系列激励措施与政策法规。也正因此，在粤港澳大湾区营商环境报告中，广州在全国35个城市中排名第一，并多次荣登福布斯中国大陆最佳商业城市榜首位置，俨然成了中国改革开放最前沿阵地。

在政府主导和多方协力下，广州目前已经用开拓新园区与提升旧园区相结合的办法，打造了集"生产、生活、生态"于一体的十大价值创新园区，分别为：

天河软件价值创新园
番禺智慧城市价值创新园
海珠互联网价值创新园
增城新型显示价值创新园
南沙国际人工智能价值创新园
黄埔智能装备价值创新园

番禺智能网联新能源汽车价值创新园

花都军民融合价值创新园

广州国际生物岛价值创新园

黄埔生物科技价值创新园

众多充满活力的创新企业已经进驻园区，砥砺前行，形成了新一代信息技术、汽车、智能装备、生物医药等前景广阔的泛制造业新集群，有的已经是领先世界的翘楚了。

新一代信息技术的方向

这一领域的重要性，用什么语言来形容都不过分，它非但是未来经济引擎的担当，更关乎城市智慧度与公共安全保障，关乎万物互联时代人类的生存舒适度与生命质量的提升度，关乎每一片云的聚散、每一滴水的去来。

广州作为中国首批信息和高技术产业基地与"互联网＋"城市榜三甲城市，软件开发应用的基础非常雄厚，从事信息技术方面研发与应用的公司数以千计，产值早在2017年就超过5 000亿元了。连续熙熙攘攘兴盛了近30年的天河电脑城，承载了广州作为计算机名城的信心与基础，引领了通向未来的方向。

随着广州超算中心、乐金显示、亚信数据等信息技术巨头总部落户广州，启动引擎为生机勃勃的经济社会提供强大的解决方案与数字技术支撑，广州成为互联网交换中心和人工智能技术应用中心的步伐又前进了一程。预计到第十四个五年规划收官的2025年，这个更新换代速度飞快的产业群的总产值会达到14 000亿元以上，并且将大大改善人类的生存质量与生活舒适度。

汽车制造的明天

整车产量居全国第一的广州汽车工业已经形成了日系品牌、欧美品牌和中国品牌互相竞争、各自发展的多元化格局,未来方向怎么走是业界焦点。很显然,传统燃油汽车的发展之路已经走到了坡顶,随着环保概念的加强与驾驶理念的革命,接下来的走势必然是下坡,甚至还可能面临政策性限期退出。未来取而代之的,必然是新能源汽车。事实上,广州的主要车企,早就洞悉这个趋势,也早就展开布局,甚至开始收割果实了。

2020年,广州车企的新能源汽车销售7.98万辆,同比增长17.3%,远超传统燃油车辆。布局比较早的广汽丰田、广汽传祺等品牌,还有专注研发生产新能源车的小鹏汽车,销量都不错。

此外,喜欢跨界的广州恒大,在和贾跃亭合作造车梦碎后,也于2019年高调返回广州成立恒大汽车集团公司进军新能源车领域,并于2020年8月,一口气发布了六款恒驰汽车,覆盖了A到D级所有级别,包含轿车、轿跑、SUV(运动型多用途汽车)、MPV(多用途汽车)、跨界车等全系列车型。曾经创造房地产传奇的恒大老板许家印能否再创新能源造车传奇,业界持审慎态度。毕竟造车不同于造房,造车的技术含量、配套服务、品牌传承、营销系统、风险担当都比造房要求更高,而且许家印在冰泉、足球、粮油方面的跨界行动也并非总是成功,足证他也不是无所不能的神仙。不过,造车引擎已经启动的恒大汽车,并没有因为业界的质疑就退缩,而是在2021年3月15日再次迈出了重要一步,公告与腾讯合作成立合资公司。利用腾讯王国的人工智能、大数据、云计算、出行生态等优势,两家公司共同开发世界领先且拥有自主知识产权的车载智能操作系统,打造业界最丰富的应用生态体系,营造最安全的数字化驾乘体验和智能生活体验。一句话,就是要造出"最智能"的新能源汽车。

恒大的高举高打,再次赢得无数眼球,因为这正是汽车工业的未来方向。不过,在这方面,恒大并非先驱,发展智能网联汽车,广州早已布局,在推进智能网联汽车产业集群和示范区建设上做了很多工作,取得了很多成绩。在产业集群上，联合深圳、惠州三市共同打造的广深惠智能网联汽车产业集群，产值规模已达7 000多亿元，不仅拥有广汽、比亚迪等20多家整车制造企业，还拥有华为、德赛西威等一批智能网联龙头企业，以及文远知行、橙行智动、小马智行、元戎启行等全球领先的智能驾驶高成长企业，其构建的"整车制造+网联技术+汽车电子"产业融合格局，在智能网联汽车解决方案、算法与芯片、5G（第五代移动通信技术）等关键环节实现国产化，汽车智能化领域技术创新水平已居于世界前列。因此，恒大汽车与腾讯的联姻，只是锦上添花而已，是好事，但非革命性贡献。

在车联网先导区和示范区的建设上，广州支持广东省智能网联汽车创新中心牵头，会同华为、百度、高新兴、广信投、公交集团、电信、移动、联通等多家企业，联合开展车联网先导区建设规范体系的研究与编制，并加快开展基础设施及应用场景建设、封闭式测试场建设等。

广州还是国内第一个批准5G远程自动驾驶测试、第一个认可别的地区智能网联汽车道路测试许可、第一个开展Robotaxi（自动驾驶出租车）试运营和自动驾驶网约车服务和第一个发放载客测试牌照的城市。广州共发放了43张自动驾驶路道路测试牌照，数量居全国前列；开放78条156.29千米测试路段，开放路段长度居全国前列。

广汽与华为、科大讯飞、德赛西威等强强联合在自动驾驶部分领域达到国际领先水平，有望率先构建中国第一条完整的自主可控智能网联汽车产业链。

在第十四个五年规划进程中，广州汽车集群还会是产销量全国第一吗？到2025年，广州汽车总产能达到500万辆、产值达到10 000万亿元是相对保守的估算，这个体量就算不是第一，也会是稳居前三的。不过，排名第几意义不大，最重要的，是广州汽车的未来，能否在新能源智造或智驾上引领世界潮流，在提升环保的基础上，做到更安全、更舒适，让使用者得到更好的体验。

基于对广州政府营造的大环境的信赖，我们完全有理由期待广州汽车业会给人类带来惊喜。

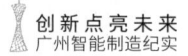

高端装备制造的优势

高端装备制造业强大与否,是中国能否成为制造强国的关键所在。特别是重型技术设备,更是基石,是脊梁,是国之重器,是国家竞争力的体现。

广州的高端装备制造业发展全面,地位领先。盾构机和海工机械等重器,技术优势与市场占有率相当高。

与德国合资的广州海瑞克隧道机械有限公司出品的盾构机技术水平亚洲领先,产能居全国第一,是广州地铁最重要的施工设备供应商。随着修建地铁、挖掘隧道的工程越来越多,海瑞克的产品必然会有更大的市场空间。

广州造船历史悠久,现在更是国内三大造船基地之一,有多家实力雄厚的造船企业,军品生产技术优势巨大。致力于"成为全球海洋与重型装备市场技术领先、服务卓越的一流企业,打造中国海军的南方建造和保障基地"的中船海洋与防务装备股份有限公司是集海洋防务、海洋运输、海洋开发和海洋科考四大海洋装备于一体的大型综合性海洋与防务装备制造企业集团,其前身广船国际,早在1993年就在上海和香港上市,是中国第一家A+H股上市造船企业;其下属中船黄埔文冲船舶有限公司生产制造的吹沙填海造岛船性能卓越,我国三沙市使用的填海造岛船,大部分是该公司生产的。

广州的高端数控机床和工业机器人等智能装备产业链在国内同样优势明显。广州数控在数控机床上的技术优势,广州智能装备产业集团在电气设备、通信系统设备、工业机器人等多个领域的核心竞争力,还有瑞松科技在汽车全自动生产线上的巨大优势,都在业界占据着举足轻重的地位,成长性非常强。

预计到2025年,高端装备制造业将实现总产值7 500亿元以上。

生物医药的担当

生物医药领域主要包含疾病预防、早期诊断、治疗技术与药物、康复及再造、中医药、能源生物炼制、化工与材料生物制造、生物反应器及装备技术等关乎人类健康的技术与产品，其发展速度及成果与民生福祉息息相关，因此倍受重视。在这个越来越注重生存质量的时代，如果问比金钱更重要的是什么，肯定绝大多数人都会回答：健康。

我国人口数大，未来生物医药市场需求广阔，是培育经济新增长点、提升我国产业国际分工地位和保障社会长远发展的需要。因此无论是技术研发还是产业化示范，国家都有政策、财政以及税收等不同方面的支持。广州的业界精英与资本，涉足这个领域的时间较早，投入力度也相当大，有许多已经收获丰硕果实了，像药业老大广药的金戈、冠昊生物的新型生物材料、赛莱拉公司的干细胞，都取得了不俗的成绩，有的已经接近世界领先水平。

这个领域的高端医疗器械研发，与发达国家差距相对更小。特别是康复型机器人，中国的研发与制造结合了中医经络穴位系统理论，自有西方器械达不到的高度。像荣获代表国内科学技术最高荣誉的国家科学技术奖的广州一康医疗设备实业有限公司出品的下肢智能反馈训练系统（A1）、上肢智能反馈训练系统（A2）和步态训练与评估系统（A3），就是智能康复机器人领域的出类拔萃高科技成果。这家公司深耕医疗设备研发20年，硕果累累，获得国家专利73件、软件著作权25件、高新技术产品称号6个，拥有26个康复理疗产品，产品线覆盖7个康复领域，目前已被超过4万家医院、8万个科室配备使用，每年服务患者超过2.4亿人次。

基础雄厚的广州生物医药领域的"十四五"发展思路是打造世界生物医药创新研发基地和高端医疗器械产业集群，形成中医产业集群和知识城、科学城两大生物医药基地，形成以科学城、生物岛、知识城为核心，健康医疗中心、国际健康产业城、国际医药港等特色园区协调发展的产业基地布局。

目前，已有百济神州和美国冷泉港实验室、美国通用等一批重大生物医药机构落户广州，助力广州早日建成具有全球影响力的生物医药重镇与研发中心。

此外，广州还是全国首批新材料高技术产业基地之一，拥有20多家前沿新材料研发中心，纳米金属、稀土永磁、超导材料、改性塑料、碳纤维、石墨烯、锂离子、氢燃料等泛制造业涵盖的新材料与新能源技术，都是广州"十四五"的重点发展目标，预计到2025年，总产值将会超过7 000亿元。

风雨兼程，广州制造在历史长河中跋涉了很久，留下的特色、留下的品质、留下的口碑，已把千年岁月串起，凝聚成一个具有独特风格的载体：广货！象牙扇、广彩瓷、广绣、牙雕、珐琅器、金银器、鸡仔饼、鸡公榄、艇仔粥、敬修堂、陈李济、致美斋、王老吉、健力宝、豆豉鲮鱼、虎头牌电筒、五羊自行车……数不完的广货，惊艳了时光，丰沛了记忆，更承载了千百年来无数匠人的梦想与荣耀。

广货充分体现了南方的精致与秀美，但从不拒绝八面来风，因此兼容并蓄的后来者纷纷崛起，尤其是改革开放后，更是四方融合，天南地北荟萃，风格迥异的各种行业"霸主"横空出世，广药、广船、广汽、广智、广本、海大、立白、万宝、欧派、亿航、极飞、国联、珠江、瑞松……数不胜数的广货新名牌，数不胜数的新势力，早已不再满足于体现传统广货的温婉恭谦，而是大开大合、霸气逼人，向市场、向世界、向未来，发出雷鸣般的呼喊：

请看看今天的广州制造——

| 第二章 |

智能世界的有心人

一 一位九旬老人的智能生活

清早六点整，邹老床头的一个小盒子，唱起了叫他起床的歌曲。

但事实上，五点半时，邹老就醒了。

已经96岁高龄的邹老须发如雪，皱纹纵横，气息淡弱，身上到处是岁月风霜烙下的苍老印记。和多数高龄老人一样，邹老的身体机能每天都在退化，唯独生物钟越来越准，无论早睡晚睡，每天准在这个时候把他唤醒。

不过，醒了的邹老并没有出声，只是把睡眠姿势从侧卧变为仰卧，然后睁开眼睛看着天花板出神，想旧事前尘。

天花板是灰白色的，窗户上透进屋的晨光也是灰白色的，他已经苍桑甚至混浊了的眼神穿越这灰白色，思绪在日渐遥远的往事上飞驰着。虽然这种飞驰，会因为记忆力退化而发生冲撞甚至迷乱，但这一刻，他是沉醉在回忆中的。

邹老是一位经历丰富、堪称传奇的抗战老兵，血火战场与沧桑岁月给他提供了无尽的回忆世界：70多年前，因为日军进攻，潮汕失陷，当时在韩山师范学校读书的他投笔从戎，刚满18岁的他从此穿越枪林弹雨、地火天雷，抗战、内战，在祖国河山上纵横奔突，壮怀激烈惊心动魄；然后是一个接一个的运动炼狱和面朝黄土背朝天的漫长体验，然后眼就花了，耳就背了，身板就佝偻了，人就老了，再然后却又迎来人生的高光时刻：国家给他颁发了抗战纪念章，国务院给他发了抚恤金，报纸杂志多次刊登他往日的传奇……这些，都是令他的回忆格外丰沛的源泉。

小盒子放出来的歌曲旋律优美动听，是经典老歌《我和我的祖国》。

邹老每天早晨，都用半小时的静默，恭候这首歌曲带给他一天愉悦的开始。

小盒子是孙子大林给邹老买的，大林说这个盒子叫音乐精灵，除了播放歌曲叫人起床外，还有很多别的功能，比如……

大林说了很多功能，并不断证实着，其中有一项让邹老兴奋得老脸笑开了花：大林把报刊、电台报道爷爷的通讯专访录了音，配了乐后放进了小盒子里，想听的时候随时可以播放。

这功能在邹老眼里，无疑堪称神奇。这和他当兵时使用过的武器，务农时操作过的工具相比，简直神奇上了天。

有好些天，邹老一直在一边收听关于自己的配乐报道一边感叹说，这样神奇的东西都造得出来，太牛了！

但是孙子大林却用很平淡的口气说，这算什么牛啊，现在的中国的制造业可威风了，这个小精灵只能算九牛一毛！

邹老一下子乐了，喜滋滋问道："那这样的'牛毛'多吗？"

"多啊，爷爷，智能时代到了，您就好好享受'牛毛'，噢不，是享受智能制造的福利吧！"

此后邹老的生活，就每天都和智能产品结缘了。健康手环、恒温水杯、智能助力拐杖、空气净化器、心电测量仪……层出不穷的带芯片的智能用品，在孙子大林的孝心发挥下，陆陆续续来到邹老身边，为提高他的生活质量各显着诸多神通。邹老甚至用孙子送的智能手机玩起了微博、微信，和粉丝们展开了热烈互动！

总之，孙子大林说的智能制造带来的福利，正在不断地兑现着，让照顾老人这种最麻烦的事也变得轻松了许多。

就像这一刻，听完一首歌的邹老按了一下床头一个按钮，床头就自动升了起来，躺着的邹老也成了坐姿状态的邹老。

与此同时，房门开了，一辆轮椅轻快地滑进门来，悄然停在邹老床边。轮椅后面，跟着照顾爷爷的大林，是他在遥控着轮椅。爷爷的一举一动，他在隔壁通过监控器都看到了。

邹老吃力地侧身下床，顽强地坐到了轮椅上。邹老的双脚之力，已经撑不起他发胖的身体，他是依靠双手撑着床沿移动身子坐到轮椅上的。孙子大林站在旁边一脸紧张，但他只是轻声说着"爷爷加油，爷爷加油"，并没有出手相助。这倒不是大林懒惰不负责任，而是性格倔强的爷爷早就交代过的，他要尽可能做一些生活自理的事。

邹老坐到智能轮椅上后，轮椅稳稳驶进了洗手间。

洗手间里，有一个智能坐便器。邹老借助轮椅扶手撑起身体，坐在了智能坐便器上。

10分钟后，邹老又坐着智能轮椅从洗手间出来，微笑着朝负责照顾他的孙子大林摆了摆手。

瞬间，轮椅直接驶到了餐桌旁。

餐桌上，已经摆好了早餐。爷爷端起了装着牛奶的智能保温杯。

大林说："爷爷真棒，快100岁了还能自己照顾自己！"

邹老晃动着手中的杯子说："真正棒的是你给爷爷置买的这么多'智能牛毛'嘛！"

邹老美美地喝了一口牛奶，又补了一句："还真得感谢这些'智能牛毛'，这日子啊，才过得有意思，爷爷也不怕多活几年。"

"是的，是的。"大林不停地点头。爷爷的话，他太有同感了。他给爷爷配置的这些智能产品，在当下虽然只是'牛毛'级别的小设备，却能大大提高爷爷的生存质量与生活兴趣，可谓功莫大焉。

原本，照顾身体欠佳的老人是极其令人烦恼的工作，没日没夜、脏臭苦累不说，还常常会因为难免的疏忽造成不良后果而自责，所以自古就有"久病床前无孝子"的悲凉论调。现在借助智能设备，虽然不能完全解决问题，但至少减轻了负担。有些工作，智能设备完成的质量比人还高，比如健康监控与智能坐便器，设备就做得比人好得多。所以，身负照顾老人重责的大林，心里是比爷爷更感激这个智能产品不断涌现的伟大时代的。

是的，伟大时代！

能大幅提升百姓生活质量的时代都是伟大的！

吃完早饭后，大林带着爷爷来到客厅，打开了投影仪。

影像直接投射在客厅的一面墙上，是无人机表演资料片。

大林贴近爷爷耳边说："爷爷，今晚社区搞爱心活动，组织你们抗战老兵去观摩无人机表演，我先给您普及普及无人机知识……"

"好啊好啊，不过你别这么大声嚷嘛！"爷爷伸手拨开大林的脸说，"我戴着'助听器牛毛'呢，又不会听不到！"

大林被爷爷逗笑了，他刚才确实忘了老人是戴着智能助听器的。

此刻，投影墙上的画面早已星辉灿烂，七彩闪烁，把爷爷的目光完全吸引住了。

画面的内容，是广州亿航白鹭公司受广州市白云区政府委托在海心沙广场组织的"天幕流星·千机变"创吉尼斯纪录最多架无人机编队花式表演。上千架无人机以夜空为幕，陆续组合出一幅幅喜迎新年、福从天降、江山多娇等美好寓意的光影画面，与同样装饰得流光溢彩的广州塔和珠江夜景交相辉映，仪态万千。

大林的目光一会儿落在画面上，一会儿又落在爷爷脸上。他原本打算边看投影边给爷爷科普无人机知识的，发现爷爷看得那么专注后，只能先不出声了。

投影最后的内容，定格在万众欢腾庆祝亿航公司代表领取吉尼斯纪录证书的画面上。爷爷侧转脸说："很壮观，很好看，而且破纪录了。"

大林兴奋地告诉爷爷，这已经是三年前的录像资料了，今晚社区组织的观摩表演，会更加精彩！

谁知爷爷并没有兴奋起来："精彩是精彩，可造这么多无人机搞这么大阵仗，就为了表演给人看，也太奢侈了。"

"爷爷，您太小看无人机啦！"大林说，"爷爷，无人机可不是'智能牛毛'，它是'智能牛'，'智能大牛'！它的本领可多了，飞行表演只是其中一种小本事而已……"

大林告诉爷爷，无人机已经在很多行业大展身手，特别是在安防应急、农林植保、航空测绘、交通监控等领域，已经是不可或缺的重要角色了。

"但这些功能,也还只是冰山一角而已,未来无人机应用还有无限拓展空间,就像搞表演的这家亿航白鹭公司的母公司亿航智能,早就把无人机升级为载人飞行器了……"

大林说着,按了一下投影仪的遥控器,投影墙上的画面又生动起来,一架载人飞行器正像鸟儿一样自由地在空中飞行着。

大林告诉爷爷,画面上这台载人飞行器采用无人驾驶全智能模式,乘客进入飞行器系好安全带后,只需要通过座舱内的平板电脑简单输入目的地,就能安全起飞并顺利抵达,全过程中无须再进行任何驾驶操控。"无人驾驶载人飞行器将会是未来人们出行的便捷交通方式之一,广州亿航智能公司生产的这款飞行器拥有几十项发明专利,技术性能在全世界范围内都处于领先地位。"

大林说着,突然发现爷爷又向他侧转了脸——

爷爷用一脸的关切表情问:"让机器自己飞,安全吗?"

"这是一款真正面向未来的革命性大作品,不存在任何安全隐患的。"

"真是个伟大的时代,什么神奇东西都造得出来……"爷爷混浊的眼睛突然有光在闪烁。

是的,伟大的时代正在向我们走来——

二 追求绝对安全的载人神鹰

2018年2月6日,广州世界大观上空,一架全自动驾驭载人飞行器用10分钟的轻松翱翔向全世界宣告:人类第一次全自动驾驶载人飞行器公开试飞成功!

实现这一壮举的是广州亿航智能公司研发制造的飞行器"亿航184"——

亿航智能董事长胡华智宣布,飞行器全套控制系统、自动导航系统、电器系统、电源系统、电池管理系统、空调系统均由广州亿航自主研发。

百分之百的中国制造!

百分之百的广州制造!

试飞现场,亲自担任第一个公开试飞体验者的胡华智像搭乘电梯一样,一键下达"起飞"指令,飞行器立即直线升空,然后稳稳地飞向远方,10分钟后,又稳稳地飞回,降落在原来起飞的位置上。

整个过程,胡华智没再做任何操纵飞行器的动作,真正达到了只需指定目的地,即可完成旅程的全自动目标。

这无疑是飞行史上里程碑式的伟大成就,受邀见证这一历史时刻的嘉宾和媒体人都欢呼起来。

但领衔创造了这伟大产品的胡华智却只是微笑着,很显然这一刻的成功早在他的意料之中。因为此前,"亿航184"已经进行过上千次不公开测试,他早已胸有成竹。

待大家的欢呼之后,胡华智才略带激动地介绍起这款"亿航184"飞行器的主要特性来：

第一，安全。"亿航184"的设计理念是保障绝对安全。

第二，全自动无人驾驶，整个飞行过程完全由软件系统来操控。现在的飞机驾驶门槛非常高，即便买得起飞机，也未必有时间学好飞行驾驶技术；即使有时间学，甚至学到王牌飞行员的水平，要做到完全保证安全也不容易，因为只要是人工操作就会有失误，所以我们需要全自动驾驶功能来消除驾驶过程中的人为失误。

第三，中心化管理。我们将建立一个功能强大的指挥调度中心，通过高速通信网络，远程实现与飞行器的机载软件实时数据传输与交互，在全球范围内，我们出品的所有飞行器一启动，就会受到中心系统的监控与调度，以保证实现自动驾驶，杜绝一切磕碰相撞可能。调度中心还肩负两大重任——控制和预警。万一飞行器在空中突然出现问题，调度中心将马上采取适当的安全措施，进行远程控制，使其降落至安全地点。

归根结底，安全、全自动无人驾驶、中心化管理，就是"亿航184"飞行器未来的承诺与保障！

胡华智的成功体验，让人想起了20世纪的1912年发生在广州这片天空下的一次试飞。

那是中国人探索飞翔梦想的伟大实践，因为发生了严重的机械故障，导致驾机者冯如永远定格在了悲壮的历史中。

从冯如壮烈的一页到胡华智的成功创造，时间已经走过了106年。

106年后的今天，我们在为成功者欢呼的同时，也要对106年前的先行探索者冯如献上深深的敬意！

冯如，是中国航空制造业绕不开的名字，不但在一百年前响当当，放在整个中华民族史上，也等同于英雄！

冯如的理想是伟大的，他要为中华民族制造飞机，他渴望祖国强大，崛起于世界东方，从此不再受人欺侮。

冯如的行动力是强劲的，他放弃国外良好的创业条件，带着机械设备辗转万里回国，制造出了中国第一架飞机。

冯如的眼光是锐利的，他发现腐败的清政府已经无药可救，同盟会革命党给民族带来了曙光，立即加入了新兴阵营中。

尽管，由于时代的局限和意外的发生，冯如最终在试飞现场机毁人亡，但他的飞机强国梦却激励着一代又一代的中国人。他壮烈的最后一瞬，更是永远绚烂在中华民族的史书上！

冯如的飞机坠落了，但冯如的名字不朽，他永远是中国制造业的巨人！

冯如，原名冯九如，1884年，出生于广东恩平牛江镇一个贫困农家。

贫困人家的孩子自小就得干活儿，放牛割草、采桑养蚕等农活儿，让冯如的童年，充满了辛劳记忆。

不过，冯如12岁这年，情况发生了变化，他那多年前漂洋过海出外谋生的舅舅突然衣锦还乡了。

在美国旧金山谋生的舅舅，已经闯出一片天地，此次回家探亲，看到姐姐家一贫如洗，自然心生怜悯，想要好好帮助一把。他看到冯如这个小外甥聪明伶俐，打心里喜欢上了，决意将他带到美国去谋个好出路。冯如爸爸见儿子已是一个小劳力能干不少活了，还不太愿意放孩子走，母亲也舍不得儿子漂洋过海，远走高飞，但是，财大气粗的舅舅说："这么好的孩子，不能重复和你们一样的窝囊命运了，今后他的前途我来负责！"

舅舅一句话，改变了冯如的命运，中国航空史的卷首书写人由此出发，跟着舅舅去了美国旧金山。

那时的旧金山，虽然飘扬着美国国旗，但却是华人的世界。在将近两个世纪里，无数华人通过各种途径或主动或被迫来到旧金山，在这里流汗流血，在这里开基创业，在这里开枝散叶，在这里活着与老去，用华人独有的聪明才智与坚韧不拔的毅力，在一片片荒芜的海滩上，建起了一座偌大的繁华城邦——旧金山！可以说，这座工厂林立、商贸发达、由荒凉海滩变为黄金海岸的城邦的每一块砖、每一颗钉，都浸润过华人的血汗，华人也凭借巨大的付出与积累掌控了主流经济，把旧金山变成了海外华人的最大聚居地。

因为旧金山华人众多，跟着舅父进入旧金山的冯如没有半点不适应，他顺利读完小学，并开始接触机器制造。因为兴趣超常，毕业后他又转往纽约，攻读机器制造业。冯如学习刻苦，成绩出众，五年之后，已是一位小有名气的机器制造家了。他制作出了抽水机和打桩机，他设计的无线电收发报机，更是广受用户欢迎。

当时美国的制造业正在兴起，到处都在鼓吹机器制造，到处都在追逐制造业人才，因此冯如大受欢迎，很多实力雄厚的制造业厂商，高薪聘请他加盟。

但是冯如拒绝了所有伸向他的橄榄枝，他在美国奥克兰设立了飞机制造厂，迈出了他走向中国航空之父的第一步。

那个时候，美国莱特兄弟已经制造出了世界上第一架飞机并成功试飞，其蕴藏的商业价值和军事前景产生了巨大的效应，制造业界无数卓越才俊都汇入了制造飞机的潮流中。作为制造业界高手的冯如当然也看到了飞机的广阔前景，因此决意要在这通向未来的行业里一展才智。未来就是方向，彼时的中国，几乎所有行业都落后于世界，但冯如坚信，在差距还未拉得太开的飞机制造这个最新行业里，他有能力在未来一争高下！

和很多创业者一样，冯如首先遇到的问题，是经费严重不足。舅舅虽然有钱，但不相信冯如能够造出有经济效益的飞机，因此对他的支持很有限。不过冯如并不灰心，他转而向别的华侨商人求助募集资金，最终获得了有远见的黄杞、张楠、谭耀能等三位侨领的大力支持，基本上解决了经费问题。并且，在宣传募资的过程中，不断有华人精英加入到他的团队中，成为他的得力助手。

有了经费，有了团队，接下来自然是大干了。虽然莱特兄弟公司严密封锁制作飞机的图纸资料，但这难不倒冯如和他的助手朱竹泉、朱兆槐、司徒璧如等人，他们利用所学的空气动力学知识和机械制作原理，很快就自行绘制完成了自己的设计图纸。

经过半年多没日没夜的努力，冯如和他的助手攻克了一个又一个技术上的难关，终于造出了第一架飞机。

1908年4月，冯如在奥克兰市的麦园进行试飞。飞机顺利升空，但刚爬高数丈，就一个倾斜坠落，试飞变成了事故。万幸的是，冯如没有受伤，他完好无损地从残损的机翼下钻了出来，和他的助手们拥抱在一起。

首次试飞失败不久，冯如的飞机制造厂又不幸遭遇火灾，资料图纸及器材损失殆尽。接连的事故招来了许多风言风语，说中国人造飞机是不自量力的有，说冯如狂妄找死的也有，但这些丝毫没有打击到冯如的信心，更影响不了他从头再来的步伐。

半年后，冯如的第二架飞机完成，并于1908年9月21日在美国哥林达市试飞成功。经测定，冯如这次试飞距离达2 640英尺（1英尺合0.304 8米，等于12英寸），比莱特兄弟的首飞纪录远1 788英尺。因此，当地报纸发文报道这次试飞消息时，打出了《中国人的航空技术超过西方》的标题，吸引了无数人的眼球。冯如的成就，极大地鼓舞了正在遭受西方列强奴役的中国人民。连孙中山先生看到冯如试飞成功的消息后，都赞叹不已。

随后，冯如驾驶飞机在旧金山举办的国际飞行比赛中，以700英尺的飞行高度和65英里（1英里合1.609 3千米，等于5 280英尺）的时速分别打破了1909年法国举办的第一届国际飞行比赛的世界纪录。

冯如一举成为世界公认的飞机设计师、制造家和飞行家，一时风头无二。

当时，许多国家都看出了飞机的功用巨大，都在极力网罗这方面的人才。正名震天下的冯如，自然是多方巨头追逐的目标。

就连一向狙击"奇技淫巧"的清政府也不甘落后，特地派人找到冯如，以国家与民族需要的伟大理由，说服他回国发展航空事业。

冯如慨然允诺：我造飞机就是想让祖国强大，如果能为祖国贡献我的菲薄才智，正是我的平生所愿！

1911年2月，冯如和三名助手带着他们自制的两架飞机以及相关机器，踏上了归国的旅程。

此时，距离美国莱特兄弟制造出第一架飞机还不到10年时间，全世界便有了800多架飞机飞上天空，这个新兴行业发展之快，可见一斑。

熟知这种情况的冯如心潮澎湃，他坚信有祖国做后盾，他一定也能在短时间内，让很多飞机飞上中国的天空！

经过近一个多月的航行，冯如和他的助手抵达香港。

清政府为示诚意，专门派出宝璧号军舰前往香港，将冯如一行和他携带的设备接回广州，并安排隆重宴会，为冯如一行接风洗尘。

应该说，大清广州总督衙门，是看到了航空业的壮丽前景，也是相当有诚意想支持冯如有所作为的。但是当时清朝的国运，真是日薄西山，为冯如洗尘的欢迎宴会刚结束，黄花岗起义爆发了！

黄花岗起义并不在黄花岗，是革命党人黄兴带领130多名起义义士攻占总督衙门，焚毁总督衙门后和北洋军人短兵相接，战死86人，暴尸街头……后被画家潘达微带人寻获收殓72具尸体，葬于广州红花岗。红花岗自此被潘达微改为黄花岗，以喻英雄节操。

起义虽然被镇压下去，但大清广州总督府却余悸不绝，把所有精力都用在对付造反上，造飞机的远见卓识也没有了。要知道，飞机造不造是不会影响头上红顶戴的，但造反压不住的话，非但官帽会掉，连头都会掉的。

而且，冯如和革命党人孙中山、黄兴一样，是长期在国外接受"异端邪说"的人，万一他和革命党人一条心的话，他造出飞机来炸总督府，那可就谁都对付不了了！

想想都怕，请神容易送神难，又不能让他回美国，这可怎么办呢？

没办法，只能派人将他监视起来了。

理由倒是好说：时局动荡，不宜建厂，待时局稍稳，再行开工。

问题是，清政府的时局早已风雨飘摇，再也没有"稍稳"的日子了。

冯如只能仰天长叹了。

然后，是对清政府的深深失望。我有报国心，你却把门关上了，奈何，奈何！

再然后，冯如把目光转向了革命党。

而革命党的目光，则早已在他身上了。甚至孙中山，都没有忘记他。

不久，辛亥革命爆发，冯如毅然参加了革命军，投入到推翻清王朝的革命洪流中。革命军委任冯如为陆军飞机长，授权冯如准备飞行侦察队，配合北伐军对驻守北方的清王朝进行空袭。

当然，这更多只是一种新闻攻势，因为从飞机造出来到实用于军事，路途不知有多漫长。事实上也是如此，冯如的飞行侦察队还未组织起来，清政府已经倒台，南北已经统一。

1912年2月，冯如举行中国第一次航空飞行。这次飞行中，冯如等人驾驶的飞机中途发生了故障，飞行数丈后即自行降落，并未获得成功，但政治上的影响却是正面的，其向世界宣告，中华民国有了自己的飞机。

半年后的1912年8月5日，经中华民国临时政府批准，冯如在广州郊区做第二次飞行表演——

这一天，广州天空蔚蓝，少有的几朵白云干净得纤尘不染，地面上，绿树葳蕤，飞花点翠。广州燕塘墟大操场上，熙熙攘攘，热闹非常。无数的人怀抱鲜花，满面期待，都来等待目睹一位英雄如何平地飞天，如何创造属于中国人的神话。

上午11点，人们期待中的英雄出现了。

这就是冯如，他还不到30岁，浓眉大眼，气宇不凡，穿着帅气的飞行服，显得精干利落。他频频向欢呼的人群挥手致意，自信满满，胸有成竹。

他的几位助手从远处推出来一架飞机。

这是一架木壳双翼飞机，机翼长29.5英尺，翼宽4.5英尺，一条条绳子前拉后绕，左绑右靠，竖起来像风帆，横起来如蜻蜓。

人群在惊叹，在窃窃私语，这……就是飞机？

冯如在人们好奇、怀疑、期待中，坐在"蜻蜓"中间，系上安全绳，随着一阵巨大的马达轰鸣声，涡轮飞转，鼓荡起来的风推着飞机缓缓地飞了起来了，脱离了地面，高过了树冠……千真万确飞起来了。

那一刻的洒脱、俊美，凝聚了万语千言，万语千言都难以表达。

在人们的欢呼声中，飞机以36米的高度缓缓向前飞去，1千米，2千米，3千米……直至8千米，飞机都旋转自如，平稳如翱翔之鹰，简直太棒了。

谁料，就在这时，准备返航的冯如拉动操纵杆过急引发机械故障，飞机一阵激烈抖动、失去平衡，安全绳被脱开，冯如像一个米袋，从飞机上摔了下来。

这次事故的真正原因众说纷纭，较为统一的结论是他造飞机的主要构件基本都是从美国带回来的那些，经过岁月侵蚀后有些已经锈蚀，并在他拉操纵杆的关键时刻引发故障导致飞机失事。

后来有写书人把事故原因演绎成冯如返航降落时，为躲避突然跑上跑道嬉闹的两个小孩而猛拉操纵杆升高才导致的。这个编排流传甚广，状似拔高了冯如的境界，但虚假的东西，哪谈得上什么境界？何况冯如为中国航空事业竭尽全力，最终连生命都付出了，这形象早高如壁立千仞，哪里还需要去拔高！

冯如摔下来后只是受了重伤，并未立即牺牲。如果预备救护措施得当，或者现场施救及时，应该能活下来。

冯如受伤后的情况，当时留下的资料，能查到的已经不多，以下两则报道，可见当时情形之一斑：

"……冯之伤处系在大腿动脉破裂，本非死症，缘为庸医所谓无法止血，致流血不止历一昼夜遂而殒命……"

——1912年9月10日《时报》

"……头胸以及股各部均受伤，当时虽然有红十字会及军医施救，然药料太少难以支持。在场医生着即扛到北校场陆军医院调制施救，是日适值礼拜医生外出，候至下午五时各医回院施药已无及。"

——1912年9月《时事画报》

可见那时的政府机构，虽然重视冯如和他的创造能力，但对他的保护措施与支持力度，是相当不够的。

梦想未竟身先殒，无疑人生之大憾，但冯如坦然接受了。他被送到陆军医院时尚头脑清醒，表达流畅，他对助手说："做我们这一行，出事是很正常的，你们不要因此失去进取之心，唯望今后加倍安全保障……"

当晚冯如牺牲，享年29岁。其报国之心，敬业之诚，至死未休，感动着一代又一代的后继者，引导着一代又一代的追随者继续开拓他未竟的事业。而他，也毫无争议地被国人誉为中国航空之父。

冯如的理想与实践方向在当时是超前的，但他沦陷在安全保障上，令其伟大的人生最终贴上了悲壮的标签，令整个中国敬佩之余，又惋痛不已。

悲壮的中国航空之父的最后时刻，是否为安全保障措施不够而抱憾，后人无从知道，但他以自己的生命为代价警告了后来者安全保障的重要性。

因此，一百年来的中华大地，众多追逐冯如未竟梦想的后继者们，在学习他勇于探索精神的同时，都会把安全保障放在极其重要的位置上。其中的一位出类拔萃的飞行领域探索者胡华智，更是在冯如曾经飞翔过的广州这片天空中追逐无人机的升级梦想时，把飞行安全提高到了无与伦比的高度。

胡华智和冯如一样，都是具有独到眼光和面向未来之心的天纵之才。不同的是，胡华智所处的时代和所受的教育，特别是他身后强大的政府和社会的支持力，都是冯如时代没法比的。所以，胡华智所取得的成就，也是悲壮的冯如达不到的。胡华智多次表示，自己生在中国这个最具活力的时代特别幸福，在民族实现复兴梦想的伟大进程中，个人的梦想也在不断实现中，何其幸也！

胡华智籍贯湖北，自幼聪慧，学业顺畅，毕业于清华大学快班计算机专业。所谓快班，就是尖子生班级，普通班学四年的东西，快班两年就得学完，不是智商超群、毅力过人者，吃不消。不过，胡华智不但顺利毕业，而且一出校门就干得风生水起，很快成立了自己的科技公司，主要业务围绕GIS（地理信息系统）和即时通信展开，走上了科技创业的道路。

2000年，胡华智的公司做了全中国版图的矢量地图；2005年该公司开始做指挥调动系统，后来其团队成为北京奥运会指挥调度系统方案提供商，之后又成为国庆60周年、世博会、亚运会等大型活动的指挥调度。2008年北京奥运会、2010年上海世博会、2010年广州亚运会等重大项目，都是该公司指挥调度系统提供的方案。

胡华智在GIS系统领域纵横四海，声名鹊起，他前面的路，状似已经一马平川。但是就在这当口儿，他突然来个大转身，往制造业迈出了步伐，闯进了无人机制造圈。

但事实上，对于他本人来说，走这一步并不突然，因为他在孩提时代，就有这个梦想了。

那时的梦想虽然还没具体到造飞机上，但他对飞机模型产生了极大的兴趣，甚至为之痴迷，恨不得拥有全世界所有类型的飞机模型。

这份痴迷到胡华智上了清华大学后依然未减，所以他成了北京航模圈的超级活跃分子。

胡华智后来回忆起这份情怀，脸上绽放出了纯真的笑容，他说："航模是我最大的爱好。那时候玩航模不但要有时间，还一定要有钱，特别是在1999年、2000年，那个时候的航模比现在贵得不是一星半点儿：烧油的直升机至少得上万，固定翼哪怕一个最便宜的后推桨也得1000多元。因为爱好，赚点钱全花这儿了。"

少年时的梦想，在他事业有成时发酵放大，是很正常的心理反应。但是，如果说就因为这份痴迷情怀，他就决意造飞机，那也太理想化了。胡华智是典型的理工男，他做的任何重大决策，都会是深思熟虑的结果，他不会因为少年时的一个梦想就赌上公司命运的。

之所以走出这一步，是胡华智理智地看到，虽然"中国制造"的名头已经叫响，不少领域还取得了举世瞩目的成绩，像小商品、家电行业就大有执世界牛耳的趋势；但从全球高度着眼，"中国制造"远没有媒体鼓吹的那么强大，别说领先于西方、让西方依赖，就是平起平坐都很难做到。比如第一梯队以美国为主导的全球科技创新中心，第二梯队以欧盟、日本为首的高端制造领域，整体实力都比我们强得多。中国虽然经过多年努力，总算跻身了第三梯队，但一些机械设备、高科产品，甚至还要弱于同一梯队的新加坡、韩国甚至我国台湾地区。而我们的党和政府相关部门，对这种状况洞若观火，下定了决心要改变，不断出台各种措施鼓励各方精英进入，争取尽早缩短差距乃至超越。

既然差距尚大，而且是高技术区域差距最大，作为中国高科技人才翘楚的他就有责任响应国家号召为缩短差距出力、出钱、出智慧。

胡华智迈出了勇于担当的一步，并选择了牵系着自己少年时梦想的无人机领域作为跳板。推崇科技创新的广州,因为是无人机产业链重心地带而成了他首选的大本营落地城市。

无人机的大名,中美建交前就经常作为军事新闻的主角出现在报章里了,那时我们的新闻经常会报道,沿海某地打下了美国的无人侦察机,然后大家兴高采烈庆祝一番;或者揭露美国的无人侦察机又侵入我国领空几百次啥的,然后大家再口诛笔伐美帝一番。这至少说明,美国人把无人机用于军事领域,非但干得很早,而且干得很多了。

但无人机应用于民营商用方面,却还是近年才盛行的。胡华智在这个时候介入,虽然说不上是开拓者,但还算是踩在风口上了。

经过潜心研发,胡华智和他的团队很快就造出GHOSTDRONE智能无人机并在美国众筹成功。自此,亿航进入高速发展阶段,先后造出了众多各种型号的无人机,被广泛用于安防应急、电力巡检、农林植保、影视拍摄、航空测绘、交通监控等领域,为众多城市的智慧化进程做出了巨大的贡献。

尤其是专为表演而成立的广州亿航白鹭科技有限公司,更是取得了骄人的成绩。该公司受委托组织的无人机表演以编队宏大、灯光炫丽、构景新奇赢得了声誉,赢得了市场,在广州、西安等地组织的表演还多次创造了吉尼斯世界纪录。

亿航的卓越表现,不仅吸引了世界的目光,更赢得了众多风投的青睐。早在2015年之前,亿航便非常顺利地完成了两轮融资。而屡创世界纪录的亿航白鹭分公司,也率先实现了赢利。

但这些,仅仅是亿航前进路上的浪花而已,至多算实现了个把小目标;胡华智创立亿航之初,心头涌动的大目标是把无人机升级为全自动驾驶载人飞行器。

他心目中构思的载人飞行器,是要操作极其简单,只要一键就能像鸟儿一样自由飞翔且安全性能绝对有保障的未来神鹰。

他给心目中的未来神鹰定的安全保障指数是——绝对安全。虽然世事无绝对,但现代科技条件下,是可以造出无限接近绝对安全的顶级作品的。

因为,载人飞行器的任何一次安全故障,都关乎生死;具体到个体,就是关乎一切。

胡华智心中，不但有航空先驱冯如留下的遗憾，更有与他关系密切的两个人留下的锐痛。

一个是胡华智的好友老季，北京航空航天模型博物馆创始人，也是胡华智的生意合伙人。因为是好友，更因为喜欢，胡华智不仅投资了这家博物馆，还担任了副馆长。这家博物馆最兴盛时，收藏的各种类型飞机模型有两千多架，吸收了大批拥趸成了会员，前景喜人。可这时，老季突然在一次飞行事故中遇难了。

另一个是胡华智的直升机飞行教练，在老季遭遇不测后不久也因飞行事故没了。飞行教练和胡华智的私人关系虽然没有老季铁，但带给他的震撼一点儿都不比老季失事小，因为胡华智若是正好跟他在机上学飞行的话，无疑也是会没命的。

冯如遇难，因为机械故障。

老季和飞行教练失事，是因为操作失误。

思维缜密的胡华智很快理出了头绪，要杜绝安全隐患，就必须把机械故障和操作失误两大问题通通解决掉。

因为没有安全保障的出品是没有意义的，其价值连零都不如，是负，是没有止境的负数，是灾难！

所以，他要造的是不会出现机械故障和操作失误的神鹰！

理论上，机械故障是无法被完全消灭的，但有解决的办法，就是备份。传统飞机都装有两台以上的发动机，其实就是备份，这可以说是前人用过的办法了。不同的是，胡华智的备份是全方位的，用他的术语就叫"全备份"。

而杜绝操作失误的办法，那就只能是不操作。想想，连专业教练都会因操作失误出事，普通人操作怎么能保障安全？而不操作的另一种说法，自然就是全自动，把操作程序智能化，通通交给机器去执行。

他把思路理清了，接着，当然就是干了。

而且，必须是埋头苦干，集中公司所有技术精锐没日没夜地干。

因为，全备份、全自动两大命题看似简单，其实却是对传统模式的颠覆性革命，要达到目标，必然是山重水复、千回百转、万般不易，不然的话，人类早解决了。要知道，放眼世界，能从中看出巨大前景的精英多了去了，冲着这两大命题展开研究并实验的人更是络绎不绝，前赴后继，都希望能摘下这足以改变人类出行模式的技术王冠。

幸运的是，胡华智和他的团队经过三年多的潜心努力，率先破解了安全性和全自动两大难题，成功研制出了全球首款自动驾驶载人飞行器"亿航184"。

2016年1月，这款"亿航184"飞行器远赴美国，在拉斯维加斯举行的2016年的国际消费类电子产品展览会（CES）上正式亮相。尽管，由于条件限制，当时并没有落实试飞，但其酷炫的造型、颠覆性的设计理念与技术参数，依然引发了巨大的轰动效应，人们仿佛看到，全自动驾驶飞行的美梦已经接近实现。

巨大的轰动效应，反而使胡华智和他的团队更加冷静，他们刻意放缓进度，执着地在研发基地里反复测试检验"亿航184"的各项技术指标，直到两年后的2018年，才在广州进行第一次公开试飞。

试飞成功，宣告广州制造在这一领域已经领先于世界，怎么狂喜，怎么庆祝都不过分，但是胡华智却很淡定，开完新闻发布会后，就带领团队更加专注地投入到研发中。

因为"亿航184"不可能一问世就十全十美，它还有很大的提升空间是毫无疑义的，因此继续努力提升出品质量既是必须，更是责任。尤其是安全保障方面的努力，更要有无休止改善的态度，才能使出品的安全风险控制到无限接近零值的水平。

基于这种理念，胡华智和他的研发团队后续推出的升级版"亿航216"型号飞行器，各项技术指标都有了很大的提高，尤其是安全保障系统，更是全面升级。

"亿航216完全达到了'全备份'的标准，它的安全保障将会是飞行史上里程碑式的建树！"沉稳的胡华智介绍起自己这款引以为傲的新作品时，也有了几分激动，"因为它即使多个故障同时发生，也可以保证继续安全飞行或平安降落。"

胡华智如数家珍般介绍说，升级版的"亿航216"有4个螺旋桨就可以自由起落，但却配备有16个螺旋桨，这等于给飞行器加上了多倍保险；它的飞控系统也装备有3个主CPU（中央处理器）和6套传感器，足以避免所有环节发生故障带来的安全隐患。同时，电池、调速器、通信等各个系统也通通有多套备份……简单说吧，就是把三四架飞行器材的安全保障功能装在一架飞行器里了，坏了这套系统还有那套系统，坏了那套系统还有第三套系统……虽然有两套系统就已经够安全了，但万一两套系统都坏了呢？别慌，全备份就是为了消灭万一的。

胡华智表示，能否保障未来所有使用亿航自动驾驶飞行器的人都绝对安全需要时间检验，但绝对安全会是他的终极目标，他对此有信心，就像对太阳每天都会从东方升起一样有信心！

基于这份信心，升级版飞行器"亿航216"近三年频繁在世界各地完成载人飞行，卡塔尔、奥地利、美国……每一次亮相都表现完美，每一次表现都引起轰动，每一次轰动效应之后，市场便自然而然拓开了。

尤其是2019年4月4日在奥地利维也纳进行的载人飞行表演，更是进一步巩固了亿航在这一领域无可争辩的领先地位。

亿航智能在2018年11月就与奥地利航空集团FACC建立了战略合作伙伴关系，旋后又与德国传媒集团ProSieben达成合作，决议联合推广奥地利城市空中交通行业发展。2019年4月4日的这次试飞活动，是把已经拉开序幕的合作推上新高度的重要举措，先后有17位媒体代表享受了安全便利的飞行体验，以完美的感受告诉世界，一种崭新、安全、绿色、高效的出行方式，正以超乎想象的速度来到我们身边。受邀出席本次活动的奥地利交通、创新与科技部长诺贝特·霍费尔先生表态说："从技术层面来看，亿航AAV（双座版载人级自动驾驶飞行器）的运转状况非常良好，而且进展很快。到2025年，奥地利完全有可能实现空中立体交通。现在，我们正与欧洲航空管理局一起，推进法律法规建设。"

科技部长的话说到了点子上，因为对于装备技术越来越成熟的亿航来说，各国的空管法律法规已是其风行天下的最重要一道关口了。

如何争取法律法规尽早为无人驾驶飞行器开绿灯有很多途径，但最有效的办法，还是向世界展示产品的安全性、先进性与实用性——

因为在广州进行的多次试飞都获得成功，亿航智能2018年6月在广州获准开通了第一条无人机物流配送航线；2019年1月，获得了中国民航局授权，成为中国首家且唯一载人无人机适航审定试点单位。

因为在卡塔尔试飞表现出色，亿航智能迅速在海湾地区多个国家获得了战略合作机会，有些喜欢新鲜事物的富豪更是直接订购了"亿航216"用于出行或上下班代步。

因为2020年1月在北卡罗来纳交通运输峰会上完成的双座版载人级自动驾驶飞行器（AAV）美国首飞无懈可击，亿航智能顺利获得了美国联邦航空管理局（FAA）颁发的飞行许可证。

此前的2019年12月12日，美国的资本市场已经张开怀抱，接纳亿航智能在纳斯达克挂牌上市。

…………

可以预见，随着亿航智能的表现越来越出色，会有越来越多的国家和地区打开空间领域欢迎亿航产品去翱翔，也会有越来越多的人士接受亿航产品方便快捷且绝对安全的各种服务——是的，各种，而不仅仅是出行。

胡华智表示，亿航飞行器的未来，除了给人类交通方式带来划时代的重大变革外，还将对全球范围内的众多行业，比如旅游、物流、医疗等多行业带来深远影响，这也是亿航努力的方向。

我们深信！

我们更祝愿这款全系统均由亿航智能自主研发的"广州制造"飞行器在全世界的天空上为提升人类生活质量做贡献的梦想早日实现！

三 让智慧农业起飞的极飞科技

在亿航智能的自动驾驶载人飞行器不断奏凯之时,广州的另一家无人机公司极飞科技,则另辟蹊径,将无人机应用无限放大嫁接到农业上,做出了一个惊艳世界的巨大蛋糕。

广州极飞电子科技有限公司(下称极飞公司)涉足无人机领域的时间比亿航智能更早,2007年就开始施展拳脚了,仅比后来"雄霸天下"、市值上千亿的深圳大疆无人机公司晚一年。

极飞科技的创始人、现任公司总经理与CEO(首席执行官)叫彭斌,是一个来自福建的"80后"。按说,生于1982年的彭斌,也是年近四十的中年人了,可他长相清纯,脸上总有荡漾着生动的笑容,给人的印象就像才20多岁的小伙子。看了他的长相,再看他的人生履历和事业高度,会觉得世间好事他占太多了。

比形象更出色的,是彭斌的聪明与能干。自幼就喜欢航空模型和机器人的他2000年入读西安电子科技大学,2002年获学校"星火杯"机器人竞赛一等奖;毕业后应聘到人才济济的微软公司工作,非但进入2004—2006年微软全球最有价值专家行列,还担任微软技术社区广东片区的俱乐部主席,得到了很好的人脉资源。

2007年,已经在微软干得风生水起的彭斌决定辞职创业,这一年他才25岁。

在很多人眼里,这行为不是疯了,也至少是飘了。

但人是有梦想的,用彭斌的话说,梦想是按不住的。尤其是有能力的人，更会为了梦想去放手一搏。

彭斌的放手一搏，也让人生一直顺风顺水的他第一次遇到了难题。他毕竟才工作两年，个人积蓄很少，要放飞梦想，必须得有人投资。但吊诡的是，他在微软积累的人脉资源，并没有帮他融来创业资金。

开弓没有回头箭，已经拉开架势的彭斌，只好找家人、亲戚借钱，以小规模的开局探索自己的创业之路。

由于运作资金少，加上找家人借来的钱难免格外谨慎与节俭，极飞公司开局的发展小心翼翼，咬紧牙关干到第五个年头，年业务量才达到两千万的规模。

但极飞科技的优势也是明显的，那就是产品性能卓越，技术优势明显。

对于智能制造业来说，这正是王牌。

已有王牌在手的彭斌，是不甘于老老实实做年销量两千万小业务的。也就是说，极飞科技到了寻求突破的关口了。

这个时候，无人机应用已经向多领域散发，空中成像、编队表演、法制监控、消防应急、电力检测……所涉行业越来越多，因此而来的机会也越来越多。极飞科技选择此时求变，也是踩在节奏上了。

只不过，由于深圳大疆等早就强势崛起，其无人机应用在很多行业已捷足先登，甚至占有很大市场份额了，从它们盘中分一杯羹不是没可能，但难度已经越来越大了。因此，彭斌和他的团队经过细致的研判后，决定避开其他无人机公司的强势领域，集中力量做无人机精准投放应用。

至于精准投放目标，彭斌选择了农业，理由简单直接：一是有十四亿人要吃饭的中国，农业的用武之地无比宽广，国家支持科技公司在农业大显身手；二是农业的科技应用水平相对滞后，很多领域还是科技盲区，极飞科技此时介入，基本没有竞争对手！

选定投放行业后，彭斌和团队核心奔赴拥有广袤农田的新疆展开考察调研之旅，并很快决定把植保无人机作为极飞科技转型农业科技的突破口。

彭斌就是在这个时候确定"为行业做技术，而不是为技术选行业"的营运理念的。他的技术研发团队，很快就制造出了先进的植保无人机。

但是很怪异，先进的植保无人机投入市场后却反应冷淡，购买者寥寥无几。

难道不适用？不可能的。产品投放前，经过多次测试，若不适用，就不会允许销售。

经过调研，问题很快找到，原来是价格因素：一架无人机十几万元，对农户来说，就算负担得起，一下子拿出来，也会心疼。

深知农民不易的彭斌立即指示调整运营模式，由极飞公司安排无人机给农田打药，以促销价收取服务费，曲线传播植保无人机的巨大功效。

这个模式很快受到了欢迎，因为收取费用远比农户自己打药便宜，而且快捷便利，效果更好，还能节省大量水资源。

随着时间推移，植保无人机的作用日益显现，采购无人机的农场和农业大户渐渐多了起来，极飞这才顺应形势，回归原来的商业模式，以销售无人机为主，经济效益也慢慢上来了，由亏转盈。

有了利润，研发与创新的信心与投入自然会增加。2016年底，极飞科技乘势推出了升级版植保无人机P20。结果，这款操作更简单、功能更齐全的植保无人机极受欢迎，非但大卖特卖，销售额迅速过亿，还使极飞公司的名气像火箭般蹿升，成为国内植保无人机技术的领跑者，比肩世界顶级。

彭斌很清晰地感觉到，他的技术应用策略，已经推动植保领域的传统操作模式发生巨大变革，这是非常大的进步啊！若有办法对农业这个最古老、最传统的行业的大多数领域落实技术改革，那无疑会具有划时代意义啊！

毋庸置疑，彭斌心里是有答案的。但简单的答案，远不是重要决策的根据与动力，他需要的是准确的理论依据。所以，他没有匆忙给出结论，而是依照惯例，又一次带领团队核心投入调研，到农村第一线寻找答案。自打极飞科技专注农业科技开始，彭斌就一直倡导要多深入田间地头，和农民伯伯交朋友，深刻了解农业、农村、农民的情况与需求。他自己更是身体力行，每年都安排大量时间到农业第一线考察，从新疆广袤的棉田到东北一望无际的黑土地，从天府盆地到两广山区，到处都留下过他的足迹。彭斌作为新潮的"80后"技术派，能用最传统的深入基层办法了解情况实属难得。这，也正是他自己认同的走向成功的利器之一。

通过对农业、农村和农民状况的深刻了解,彭斌清楚地看到,城市化进程让农村的老龄化、空心化情况日益严重,而传统的农耕作业又需要很多人力,这个矛盾怎么解决?很显然,把进城的劳动力往回赶那是倒退,让田园荒芜掉更不可行,这么大的国家,农业垮了,将会一切成空。因此,只能是用科技产品替代人力,给农业这个最古老、最传统的行业插上科技的翅膀,才能使之走出劳动力缺口越来越大的困局。当然,走出困局远不是目标,彭斌的愿景是依靠科技力量全面振兴三农,进而构建一个先进而完善的农业生态系统,让世界永远远离饥荒与粮食危机……

彭斌掷地有声地说:"未来的农业,一定是依托于科技赋能,而科技与农业的结合,是这个时代的宏大叙事。"

必须承认,彭斌一开始选择农业领域作为公司的技术投场主要是出于商业利益考虑,但后来他心中想得更多的,却是极飞科技的使命和责任了。

中华民族复兴之路上,农业振兴是必不可少的一环,极飞公司作为专注于农业的科技公司,必须要有更多的担当与贡献,才不辜负这个伟大的时代!

因此,极飞科技的技术投场,也从植保无人机转向了农业全领域,相继研发制造出了"极飞农业无人机""极飞农业无人车""极飞遥感无人机""极飞农业物联网""极飞农机自驾仪""极飞智慧农业系统"等一系列农业科技产品,并以北斗卫星导航系统为基础,在中国架设了覆盖超过35 000个农村的2 300多个RTK(实时动态测量技术)导航基站,建设了全球规模最大的高精度农田导航网络,还培养了超过8万名智慧农业精英……至此,一个全新的"无人化"智慧农业生态系统逐渐形成,服务着世界各地近千万的农户和超过六亿亩的农田。

由极飞科技主导点燃的农业科技之火越烧越旺,影响力也越来越大。2019年11月,极飞科技获得了由Agribusiness Intelligence颁发的"最佳精准农业技术创新奖",这是该奖项设立以来第一次颁给中国农业科技公司。

极飞公司益人利己,自身的发展势头也越来越迅猛,2020年虽然遭遇疫情，它的业务却爆发式增长了253%，这成绩用不可思议来形容都不过分。

极飞科技的惊艳表现，也使自己成了投资机构眼中的宠儿。2020年底，极飞科技获得了12亿元的风投，这是迄今为止中国农业科技领域得到的最大一笔商业融资，百度资本、软银愿景基金、创新工场等著名投资机构都掏了腰包，无疑它们都看好农业的未来，都看好极飞科技深耕农业的未来。

重金在手，极飞科技的动力更足了，新年一开始，便落实了几个大举措，其中迈出的最重要的步伐是进军日本市场，成立日本子公司，在日本铺设极飞P20植保无人机销售及植保服务网络。

这不是极飞公司的国际化首秀，它制造的农科机械迄今已远销世界上几十个国家和地区，在澳大利亚的分公司和极飞学院也早就正式运营了；但这是极飞科技全球战略很关键的一步棋，因为日本农业是科技赋能最普及的国家，只要极飞制造与极飞模式能在日本的农业市场中竞争胜出，进入其他国家和地区的竞争优势就更明显了。极飞的下一个目标，将是市场规模宏大的北美。

不过，极飞科技的掌舵人彭斌表示，极飞科技的重点，永远会放在祖国，这是绝不会动摇的根本，是使命，更是责任！

因为祖国需要极飞！

因为祖国永远最大！

四　国研机械的态度

城市日新月异，农村日渐荒芜，

脚步渐行渐远，乡愁越来越重。

养育我们的土地，

还有土里的根、根上的树、树上的花，

不知何时，都被我们打进了包裹，

步履沉重地背去了远方……

由于历史原因，中国城乡发展差距巨大，怎么办？

任由乡村荒落，乃至放弃吗？

不，实现伟大的中国梦，让老百姓过上小康生活，不容许任何一片土地缺席！

中国的发展，中国的未来，不能只有城市。若放弃了乡村，中国的未来就是残缺的、失败的。

习近平总书记说过，共同富裕是社会主义的本质要求，是人民群众的共同期盼。我们推动经济社会发展，归根结底是要实现全体人民共同富裕。

追随习近平总书记亲自部署的全面脱贫战略，致力乡村振兴，城市责无旁贷，制造业同样责无旁贷！

国研制造，执着地走在蜿蜒的乡村路上……

这家公司研发的刀削面大型生产线为全球首创，大型河粉机生产线质量世界领先，它出品的多种大型非标准食品机械在海外大受欢迎，但它却始终执着于深耕中国广阔的农村市场，为乡村客户提供着数不胜数的众多中小型机械：

  河粉机、凉皮机、豆腐机、米粉机、面条机、豆芽机、肠粉机、榨油机、包子机、饺子机、豆干机、切菜机、肉丸机、粉条机、拉皮机，纸绳机、手挽机、切纸机、裱纸机、食品纸袋机、手提纸袋机、复合制袋机，制杯机、气泡膜机、塑料管材机、塑料吹膜机、塑料印刷机、塑料制袋机、塑料再生造粒机、无纺布制袋机，河粉生产线、米粉生产线、面条生产线、方便面生产线、豆奶生产线、过桥米线生产线、薯类粉丝生产线……

  各种非标准中小型机械，都是国研机械的优良产品。

  一台台"机"，一条条"线"的延伸，是一幅幅曾经熟悉的乡村温情画面的再现与重温：

  ——老张家油坊开业了。

  大家奔走相告，都去看个新鲜。油坊主人红光满面，一边为大家分发着糖果，一边介绍着他的机器：芝麻、麻籽、棉籽、黄豆、花生……啥油都能榨。

  当场试验，当场出油。

  有人拿三斤花生，有人拿二斤黄豆，有人拿一斤茶籽……轰隆隆机器一响，油是油，饼是饼，油闪亮，饼喷香，实惠又方便。

  ——老李家烧锅出酒了。

  大家扶老携幼，来到烧锅前，就见发酵好的玉米、高粱往机器里一装，随着嗡嗡的机器声，酒便哗哗啦啦淌了出来。你一碗他半碗，一个个喝得满脸通红、兴致盎然……

  ——我家那半吨高粱，今年全酿酒了。

  ——我家那玉米，也拿来做烧酒。

  ——你们这些酒鬼啊，就知道喝！

  谁家俊俏的小媳妇？一句话，说得大家笑声一片。

  ——老王家的河粉厂开业了。

  一声唤，百人应。

  ——走，看看去。

嚯，了不得，在一台巨型机器轰隆隆的转动中，在蒸气缭绕中，这面将大米倒进去，那面便挤出了晶莹剔透的河粉、肠粉……

——这就能吃了？

——能吃。

——味道怎么样？

——好吃，香。

乡村少娱乐，大事小情，都是大新闻，都是盛事，都是生活的念想。

社会飞速发展，世界日新月异，网络四通八达，智能飞天遁地，但在乡村的很多地方，小毛驴拉磨的嘎吱声音依然在耳，手工漏粉的拍打声也没停下几天……从蒸气机革命、电力革命、计算机革命到智能革命，国外已经"革命"了一两百年，我们的很多乡村，依然守护着传统农耕文明，守护着昨天的情怀和今天的落寞。

多少年了，乡愁一直在我们心底，它本应该让人魂牵梦绕，觉得美好无比的，但现实中，却经常是隐隐的痛。

我们伟大的党和政府，早就制定了一系列振兴乡村的政策；我们的扶贫大军，早就络绎不绝开到了最边远、最贫穷、最荒凉的乡土上了。

追随习近平总书记亲自部署的全面脱贫战略而致力乡村振兴的，还有众多有实力、有责任心的企业，有的甚至把发展重心，都转移到了广袤的乡村田野。

比如专注于非标准机械制造的国研机械公司。

"由于历史原因，中国的城乡发展差距太大了，这是我们必须正视和重视的现状。"国研机械的董事长王声位深情地说，"中国的发展，中国的未来，不能只有城市，因为我们的乡村太辽阔了，若放弃了乡村，中国的未来就是残缺的、失败的。把广大乡村作为发展重心，从经济角度看可能不是国研机械的高明选择，但我们责无旁贷！"

对于国研机械的杰出贡献，国务院扶贫办原主任刘永富评价说，国研公司的小机械为乡村扶贫办了大事！

五　他的乡愁是苦涩的经历

一个人思想的形成，有瞬间顿悟的特例，但更多时候，是走了很多路，经历了很多事后的心得。

王声位从乡村走到城市，再通过非标准机械为人们搭建返回乡村的桥梁，同样，也走了太多的路。

1963年，在湖南资兴东坪乡周塘村一个山坳里，降生了一个孩子，父亲给他起名王声位。父亲有些文化，期望自己的儿子以后能得到声名、地位。

父亲的期望没有错，哪个家长不期望自己的孩子有出息？

对孩子来说，父亲给起个什么名字，自己没有选择；而一路朝着那个名字奔去，是现实中没有选择。

家乡的山坡山岭，让王声位抬起了探索人生的脚步，丛林里的摸爬滚打，成了他学习的必修课；看到好东西一样都不属于他，成了财富对他的最初启蒙——不论你想拥有什么，都要有钱。

于是，在哥哥带领下，七八岁的王声位，就和哥哥去学习如何赚钱了。

家乡的雷公山靠近岭南，山上长满了棕榈树。棕榈树包裹着一层柔软富于纤维的老皮，称作棕衣。棕衣可扎扫把，可搓棕绳，可制床垫，可编蓑衣……"青箬笠，绿蓑衣，斜风细雨不须归"，那是一种浪漫，但是，光着小脚丫爬到针刺般的棕榈树上割棕衣却一点儿也不浪漫。

一株老棕榈，远看丝丝缕缕披满了棕衣，浑然一位饱经风霜的老翁，但要将老翁的"胡须"割下来，却并没有多少，有时要割够一两捆，往往要爬十几、二十几株棕榈树……在"割"的过程中，脸啊手啊脚啊经常被扎得鲜血直流。

割完棕衣，还要挑到十几千米之外的供销社才能卖钱。

那时，雷公山上经常出现这样的画面：山间小路上，两个乡间孩子各挑着两捆棕衣急匆匆地走着。

哥哥走在前面，弟弟跟在后面。

太阳炙热似火，大山空寂无声。

小哥儿俩目不斜视，走得热汗淋漓，但他们不能停下，去晚了供销社就下班了。

多年后，笔者采访王声位时，发现他走路特别快，说话特别少，难道他的性格就是那时形成的吗？

一个小孩子挑着两捆棕衣能卖多少钱？一角？两角？三角？但一分钱也是钱。在乡间，每一分钱都有它的用途。当然，对年幼的王声位来说，他还体会不到大人的苦楚，自己花两分钱买一块糖球，花八分钱买本连环画，足以让他快乐好几天了。

那时，王声位最大的梦想就是将雷公山上的棕衣都割下来，至于到底能卖多少钱，他没有计算过，但他认为会很多。

班得瑞乐团有首轻音乐叫《童年记忆》。

所谓童年记忆，就是从来都没有离开过的那个地方。不论你走多远，它永远都在那里等着你，时间越久，记忆越清晰，回味越甘醇。

雷公山上割棕衣，就是王声位的童年记忆。

王声位真正体会到赚钱的艰辛是在1978年。

当时，王声位所在的公社停办高中，只读了高一的王声位复读一年，虽然考上了县一中，却因为县一中不招复读生不得不辍学，自此结束了学生生涯。

乡村哪有养闲人的？十六岁的王声位不得不随着父亲去山中烧炭。

烧炭比起在生产队挣工分，是个赚钱的活儿，也是个苦活儿。

白居易的《卖炭翁》，道尽了卖炭翁伐薪烧炭的辛酸，王声位说他最不愿意背的就是这首古诗。

生活没有选择，他不得不去"背诵"。

如果说割棕衣还有些许童年美感，那么烧炭，混杂在其中的就是人间真实的烟火气了。

烧炭有一系列工序——搭窑、装窑、生火、看窑、闷窑、捡炭……每一道工序，除了技术，都是强劳动。搭窑，要用一块块巨石将窑垒起来，用红泥封好；木头备好了，开始装窑，点火。火烧起来后，还要看窑。火不能太大了，火大了就将木头烧成灰了，火也不能小了，火小了木头烧不透就变不成炭了……白天晚上，父子俩轮班看窑，正值青春期的王声位，因为超负荷的劳动，常常困得面条似的，一闭上眼睛，就呼呼睡着了。对此，粗犷刚强的父亲也会流露出一丝温情，给他披一件衣服，让他多睡一会儿，父亲自己就要多熬困几个小时了。

炭烧好了，还要往外捡炭。黑黑的木炭余热未尽，为了节省几角钱一双的手套，只能光着手捡。手上烫出的水疱一个又一个，时间长了，水疱变成了老茧，却也能应付自如了。

如果这也算一种功夫的话，那就叫捡炭功吧。

有时，王声位也会突发奇想，如果谁能发明出一种烧炭的机器，人就不用受这份罪了。

多年后，当王声位坐在大排档前吃烧烤时，他拿起一块烤肉的机械炭，在手中反复掂量着，硬实的机械炭似乎将他的手硌痛了，王声位的眼角红了……他也许想到了当年和父亲一起烧炭的情景，而父亲却再也不能和他一起烧炭了，父亲已经走了。

是的，这机械炭，是他公司的产品之一，更是他在城市发达后回馈乡村的情怀。

1981年，王声位用烧炭挣的钱，帮家里盖了新房，还给自己买了一辆孔雀牌自行车。现在，王声位住着别墅，开着越野车，但对老家的那套房子、那辆自行车一直念念不忘。尤其那辆自行车，被他擦得油光锃亮，骑着满街跑，十分拉风。那辆自行车，似乎也将他的青春唤醒了，心里有了期待，渴望着街巷中能走出一位"丁香一样，结着愁怨的姑娘"。

第二章
智能世界的有心人

王声位从一名柔弱的中学生，被生活磕打成一个青年、一位烧炭工、一个壮劳力，还被大队提拔成民兵营长。这时，南海边的湛江部队来资兴招兵，刚满十九岁的他积极应征，成了一名光荣的人民解放军战士。

部队是座大熔炉，王声位在部队干了七年，入了党，立了三次三等功，然后转业回到了家乡，当了一名基层公务员。后来，因为工作出色，被推荐到市委党校中青班学习。市委党校中青班是官员晋升的通道，但毕业后，他却辞了职，放下了仕途升迁的大好机会。

在近十年的基层公务员生活中，王声位跑遍了资兴市的山山水水，去过近百个村庄，看到了什么是贫穷，什么是荒凉——中国最缺的就是耕地，但是，耕地一片又一片地在撂荒；中国最缺的是人才，但是，小学校一座又一座地关闭废弃……很多乡村，能走的人都走了，只留下老人与孩子，一天天睁着一双无望的眼睛，盼望着亲人能够回到他们的身旁……每每看到这些，王声位的心里都会涌起一阵针刺一样的痛。

作为一名党员，眼见着乡村被贫困包围却无能为力，即使自己官当得再大，生活再安逸又有什么意义？

王声位经过一段痛苦的思索，决定出门去闯一闯，看能否找到一条路，让财富也通往乡村。

1998年秋天，王声位踏上了通往广州的列车。

部队七年，基层工作近十年，还有当兵前乡村坚苦生活的磨炼，王声位的人生历练已经足矣，但是，面对商海，面对忙乱的大广州，哪条财路能从城市通往乡村，却并不好找。

王声位经历了很多来广州人的第一步，兜里没钱，又得让自己独立起来，只能选择最便宜的房子住、最便宜的饭菜吃……好在广州是个穷人富人都能活下来的城市，有钱的，上万元住一宿、上万元吃一顿饭的地方有，没钱的，一两百元住一个月、一两块钱吃一餐的地方也有。

王声位属于后者。

他最初租了人家楼顶的一间铁皮屋子，吃的则是街头一两块钱一顿的盒饭……好在很快通过战友找到了工作，到一家信息公司任职，还被提拔为公司副总，不用担心明天的早餐有没有了，也不用忍受铁皮屋子的高热了。

在信息公司工作的好处就是信息多。

经过一段时间对信息的了解，王声位知道，致富的门路很多，但因为对乡村生活的熟悉，让他看上了非标准机械制造这一块。

所谓非标准机械，属于农产品二次加工机械，就是为生产一些特色食品专门设计的机械。对乡村来说，就是将生产链拉长，从原粮生产到再加工，将原粮直接变成人们饭桌上的餐点。而在生产链不断拉长的同时，产品价值也得到了一定的放大，一亩（1亩合666.7平方米）田变成两亩田，一块钱变成两块钱……比如说河粉，是广东特产，大米的衍生物，是将大米磨粉后，加水蒸出的细嫩的餐点，但在岭南以外的地方却很少见。

有了河粉机，繁杂的手工操作变机械操作，谁都能加工出河粉来，而好吃的东西谁又会不接受呢？

往小里说，打工人带一台河粉机回家，开间河粉店，家人团聚，乡民乐道；往大里讲，在没有河粉的乡镇上设一条河粉生产线，既丰富了人们的饮食，也多了一条生财之道。

别人做买卖首先考虑自己赚钱，王声位要做买卖首先考虑别人赚钱。

王声位的位置没有站错，让别人赚到钱，自己才能赚到钱。这就是商业的灵魂。

多年后，哈尔滨的王小姐在王声位的公司买了一条河粉生产线，现在年销售额达到8 000多万。冰城人除了包子、饺子、米饭、面条，又增加了一种食品——河粉。

还是多年后，日本京都的武藤一郎从王声位的公司进了四条河粉生产线，让吃了几千年大米的京都人，也吃上了河粉。

武藤一郎感慨良多："我们日本人以为将大米吃到了极致，寿司、打糕、饭团……怎么就没想到吃河粉呢？现在河粉在京都那真是奥衣西（好好吃）！"

以后毕竟是愿景，眼前才是现实。

也算心想事成，当王声位正把眼睛盯在非标准机械上，刚好一位经营非标准机械的老板要将经营权转让承包，王声位四处挪借凑够承包款，把公司经营承包了下来。

创业头三脚最难踢，王声位也遇到了同样的问题。

非标准机械生产了不少，卖出的却寥寥无几……现在想来，主要是因为他遭遇的还是第一波打工潮。当时出门打工的大多是年轻人，大家对城市的新鲜劲儿没过，相对于贫困闭塞的乡村，谁还愿意回去？

正如有个冷笑话所讲，问："你对乡村富裕尽了什么力？"答："我离开了乡村。"对一些人来说，离开，也许就是贡献了。

王声位第一波操作失败，没挣到钱不说，还亏损了上百万。

破产关头，王声位选择了坚持。因为他坚信最黑暗的后面，往往是曙光。

经过调研，他决定到第一线现场操作国研机械的功能。

广东东莞是打工人最集中的地方，每天上下班，街里一眼望不到边的都是穿着工装的打工人。王声位从他们那一张张渴望的脸上，看到了希望——不用大家都买，哪怕有万分之一的人来买，国研也生产不过来。

王声位将家乡一位退休的老镇长请出山，和他一起在东莞街头摆摊投放广告。

所谓摆摊，就是直接摆放河粉机，这边生产河粉，那边让打工人试吃试尝，讲解河粉生产的技术和利润，甚至未来在乡村发展的前景……一番实际演示之后，有机械，有成品，价格又不高，很多人当场订购，即使自己不回家，也将河粉机当成新鲜事物，给亲属订购一台，让他们在家乡从事河粉生产。

国研机械渐渐打开了销路，公司经营势头良好，很快扭亏为盈。有了利润胆魄自然更足，王声位趁热打铁，和新浪、搜狐等大网站合作营销国研出品，取得了良好的效应。这种合作方式，其实就是后来风靡天下的"互联网＋"的前驱探索。这一"＋"，虽然增加不少广告费，但收割到了巨大的网络红利，国研产品像长出了翅膀似的，飞到了四面八方，飞到了世界各地。

前面说到的日本顾客武藤一郎，便是通过互联网广告，找到国研，在王声位的带领下，参观了多条已经投产的国研出品的河粉机生产线后，一个合同就订购了四条河粉生产线。

继京都之后，日本东京ACECOOK公司也先后订购了十套即食河粉、直条河粉生产线设备，成为日本最大的河粉生产商和供应商。

美国洛杉矶华人也进了十条河粉生产线，让河粉打开了美国市场，甚至，美国《洛杉矶时报》还把炒河粉评为全球十大美食。

因为国研机械打开了美国市场，王声位回访美国客户时，我国驻美大使周文重先生亲切接见了他，鼓励他说："美国是世界上最大的制造强国，你的食品加工机器能在美国占有一席之地真是不容易，要好好保持！"

台湾号称美食之都，有上万种小吃。在一次企业家联谊会上，宋楚瑜吃着盘里的河粉，当得知台湾的河粉就是来宾中的王声位公司的机械生产出来的时，他拉着王声位的手赞叹道："同乡企业家的机器得到台湾商户青睐，我很欣慰。"

无论周文重大使还是宋楚瑜，他们都知道，无论美国、日本还是中国台湾，机械制造能力都很强，国研机械能挤进这片市场，确实不容易。这也许就沾了非标准机械制造的光了，因为非标准，不能流水线量化生产，就算技术再高，也有瓶颈。

六　乡村需求就是发展重心

国研制造打开日、美市场后，德国、俄罗斯、荷兰、比利时等多个以面食为主的"面包国家"，也都相继有不少食品公司订购国研出品的河粉、土豆粉生产线，应该说，外销成绩相当不错。

但是，国研制造的发展重心一直放在中国——确切地说，是放在中国的乡村，从研发到到营销，始终坚持不变。

并且，考虑到乡村客户的经济实力普遍较弱，买台机械往往得多方集资，国研机械面对乡村的销售定价，利润空间非常小。同样的机械，比外销价格要低百分之三十。这也是国研机械在广大乡村大受欢迎的重要原因。

但这么一来，当然就得面临产品销售额很大、利润却很少的局面。对此，管理高层就有人提出建议，认为应该掉转方向，重点做外销市场。因为国外市场上非标准机械的定价奇高，国研机械若将重心转移，一定能赚大钱。销售总监陈小姐甚至提出，应该放弃小规模机械产销，因为这一领域的经营基本无利可图，还要消耗大量精力，严重影响其他方向的发展。但是王声位不改初衷，他认定，企业发展到一定规模，赚钱就不能是第一目的了，而是责任与奉献！他说："我们的机械产品行销乡村，为振兴乡村出了力，造就了很多乡村富裕家庭，这比我们国研一家公司赚大钱重要多了！"

王声位的话说到点子上了，确实，通过购买国研食品机械创业发家的人数不胜数，成为百万富翁、千万富翁的也不在少数。而这些创业者的成功，往往能带动多个乡亲走上脱贫路，甚至探索出一条可供复制的共同致富路来。

国研机械的造富行动影响日益增大，以至于王声位访问德国奔驰公司时，接待他的奔驰公司副总裁也由衷地对他说："我制造老板坐的奔驰车，你制造买奔驰车的老板，你比我牛啊！"

不过，销售总监说的也是事实，有些小机械经营，若加上售后服务费用，确实还得亏损。下面这个例子，就很能说明问题。

原先在广州竹料镇打工的陕西省富平县小伙子张天奇回乡创业，通过国研公司购买了一台小型河粉机。但小张回到家打开河粉机安装插电，却生产不出河粉来。小张将电话打到国研公司，和技术人员沟通，要求技术人员上门指导操作。一台小型河粉机的利润也就两千块钱，根本不够技术员从广州到陕西富平出一趟差的开支。但因为有售后服务的承诺，技术员只能马上出发奔赴陕西，帮助张天奇安装调试好机器。结果，销售总监陈小姐就拿了这件事举证，在公司高层会议上力陈小型机械经营连鸡肋都不如，希望公司调整策略，要么放弃这一部分经营，要么提高价格。"为乡村造就一批富人境界很高，但造富造到公司亏本，也不符合经济规律，对吧？"销售总监说罢，又为本部门叫起了苦，"毕竟，销售部的收入大头来自提成，和销售额、总体效益挂钩，价格基数太小、利润太薄，严重影响销售人员收入，长此下去，人才是待不住的；甚至我自己，都常常会有跳槽的念头！"

销售总监抱怨的真正用意，很显然是嫌收入低了。这让王声位陷入了深深的思索中。

国研公司的薪酬制度开放透明，每年都请员工代表协商调整，这种做法曾经得到过来国研公司深入调研的全国政协副主席罗豪才的表扬，中央电视台还做过专题报道，客观来说是比较合理的。销售人员的收入虽然受业绩影响，但总体还是比员工平均收入高一些的，按理不该有什么抱怨才对。只不过社会上有些企业，将产品价格定得虚高，推销员推销出一件产品，甚至能给一半提成，以此为噱头扰乱市场，进而吸引外公司有野心的销售人才加入。对此不负责任的行为，国研制造一向鄙夷，自然不会因为员工情绪被影响就调整提成制度，更不可能因此而改变助力乡村振兴致富的经营方向。因为这是涉及创业初衷的是非问题，最艰难的时候都坚持下来了，怎么可能在公司逐渐成熟壮大时为了利润而改弦易辙呢！王声位是有着三十余年党龄的共产党员，对党的振兴乡村政策高度认同与深深拥护，更加不会背叛初心，忘却使命与责任！

但是，既然销售总监屡屡提出意见，说明已非一时之念，甚至还代表着不少员工的思想状况，所以绝对不能等闲视之，必须给予足够重视，才能使公司的最高理念继续得到贯彻。

首先他赞扬了销售总监勇于表达意见的行为，但同时也指出，作为公司高管，不能只考虑个人和所管部门的利益，更不能以个人得失要挟公司经营方向和定价标准调整。

"至于国研应不应该放弃乡村小机械，国研的小机械价格要不要提价，先别急着下结论，我们到农村去调研调研，回来再说吧。"

随后，王声位宣布启动"乡村调查回访团"计划，到乡村看看国研机械存在的意义和有没有提价的必要。

由管理、技术、销售多部门代表和公司突出贡献者共20人组成的"国研乡村调查回访团"，于2015年7月1日党的生日这一天，开着8台车，带着部分最新出厂的小型机械，从广州国研总部出发了。为什么选择这一天？亲自带队的王声位强调，国研公司虽然是私企，但公司的党支部一直是领导国研走在正确路上的中坚力量，所以他们把这次回访调研活动，当作向党的生日献礼。

调研路线，基本按照国研机械的客户分布设定，由南而北，既了解重点，也深入边僻之地调查。国研机械成立后，为方便服务和及时掌握市场行情，对所有购买公司机械的客户都留有档案，因此此次行动，也可算是按图索骥了。

7月天，气温已经很高。车队在高速路上奔驰，两边绿浪滚滚，掠过一座又一座美丽村庄，红砖灰瓦，干净整洁，让人心旷神怡，为乡村的日新月异的变化而赞叹。这些区域的国研机械客户，以大中型规模为主，多数效益都很好，出了一大批富裕人家。国研的调研团在这些地区的回访，得到了热烈欢迎。富裕了的国研客户，用巨大的热情和好酒好菜招待着远方来的客人，酒喝了，歌唱了，最感激的话更是说个不停，让调研组成员充分感受到了肯定与骄傲。

不过，随着调研工作不断深入，他们了解到的情形就复杂多了，也灰暗多了。

这一天，调研团的一个小组来到湘桂交界的启东村，回访一个去年订购了公司的小型酿酒机的客户。他叫王喜奎，虽然买的机械总价不到一万元，但他和国研公司销售部门却保持着密切联系，一周前又刚刚下单订了一台小型地瓜粉条机，调研队伍便借着回访他之便利，把粉条机给他捎来了。

调研组成员跟着早早在村口等候的王喜奎进了启东村，眼前的情景很快让他们的心情沉滞起来。这是座依山而建的村子，从规模上看还不小，一幢幢已经很有年头的水泥砖房虽然灰败不堪，但至少表明这里曾经并不落后。王喜奎介绍说，这里原来是个很大的硫黄矿山，最繁荣时，村里有二百多户人家、近千人，是附近闻名的富裕村。但二十多年前矿山因为污染原因被关了后，这里的繁荣便结束了。虽然，关矿时政府给了些补偿，但毕竟数额有限，所以能走的都走了，有地方搬迁的也都搬迁了，留下的家庭还不到一半，村子自然也就慢慢败落了。好在政府采取的治理水土污染的措施逐渐见效，经过二十多年的恢复，田地山野的粮食果蔬，产量都正常了，也都检测不到污染物了，所以反应灵敏的王喜奎觉得家乡又有机会了，就订购了国研公司的小机械发展副业，希望能成为恢复家乡元气的探路人。但因为启东村经济基础薄弱，投入与消费能力都很小，只能从小处开始做。

山里人爱喝两杯，粮食也便宜，所以王喜奎首先酿酒卖，用酒糟养猪，虽然还没致富，但总算有了赚钱的路子，看到了曙光。因此，他又用积攒的钱，订了一台地瓜粉条机。王喜奎说，地瓜粉糟头是很好的猪饲料，这几年猪肉价钱贵，就算地瓜粉保本，养猪赚的就是净利润了。

"一台地瓜粉机每天工作十个小时生产的淀粉糟头，养一百头猪都不止，算起来是很有搞头的。不过，没那么多钱买猪崽。"

王喜奎最后的话，深深打动了调研组成员的心。尤其是王声位，他的眼睛都湿润了，为农村创业的不易，为王喜奎的顽强努力。他当即表态，全额返还王喜奎订购这台地瓜粉条机的钱支持他创业，希望他尽快成功，走出一条振兴启东村经济的路来。

王喜奎大喜过望，握着王声位的手连声感激，双眼热泪盈眶。然后，他马上用王声位返还的钱，订了国研公司的一款榨油机。他说，国研公司出品的小型食品机械，至少有十款是他发展乡村食品经济需要的："等我的资金充足了，会全部订购的。"送别王声位一行时，王喜奎的眼里，充满了美好的憧憬。

随着回访点的不断增多，国研团队收集到的乡村落败情况越来越多，有的源于自然条件不好，有的是历史原因造成的，有的甚至是人为失误引起的，共同情况是缺乏资金，缺乏技术，缺乏人才，甚至人口都在急速减少，曾经留在人们心中纯朴而美丽的乡愁，正在演变成荒凉而沉重的乡愁。

是的，城市化进程是大趋势，是社会发展的必由之路，但这种大趋势不应该以乡村急速没落甚至逐渐消亡的代价换取，否则这代价就太惨烈了。在城市化的同时，把广大乡村建设成安全食品的出产地，建设成山清水秀的后花园，逐步接近与城市发展的距离，才是完美的路。这条路要走好不容易，但若有很多有追求的人和很多有实力的企业参与，就一定会成功或走在通往成功的路上。

王声位的态度很明确，已经在这条路上跋涉了十多年的国研人，国研制造，应该继续前进！

王声位说，这实质上也是报恩时代、回报乡村的行动。若没有共产党创造的这个伟大时代，没有广大乡村的订购与使用，这世上就不会有国研机械的存在；从这个意义上说，并不是他们的执着耕耘在造福乡村，而是广袤的乡村无穷的资源、巨大的需求渴望在哺育着国研机械的成长与壮大！

调研团回访到山东武台孟家庄的老客户孟庆海时，王声位的这种感触尤其强烈。

孟庆海多年前和老婆在广州城乡接合部一家石棉瓦厂打工，后来，老婆感觉身体不舒服难于坚持，正好看到国研机械广告，就用积蓄在国研购了一台包子机、一台饺子机回乡创业。因为发展顺利，之后又陆续在国研进了十几台包子和饺子机，雇了些农村妇女，加工半成品包子、饺子推给饭店和商场，生意越做越大。

孟庆海和国研机械联系密切，这次国研的回访团一出发，他就多次邀请他们一定要到武台看看，说有新项目要汇报。所以，王声位亲自带了精干人员回访他。

果然，一见面，孟庆海就提出想上马黄桃罐头项目，希望国研机械帮他制造一台不要太贵的罐头生产线。

原来，武台是黄桃之乡。武台黄桃，自古就有"贡桃"之称。改革开放后，农民有了自主权，大家见种黄桃赚钱，一哄而上，结果黄桃丰收了，价格却贱了。因黄桃不易保鲜，难以用长途运输，只能就地处理，有些丰年一斤黄桃只能卖两三角钱！所以，脑袋活泛且又有了一定实力的孟庆海便想到了加工罐头。

"现在网购发达，做成罐头了，销售不会有问题，关键是设备投入太大的话难于承受。"

孟庆海苦涩地笑着说，上马一条标准化生产线设备动辄两三千万，那真不是现在的他能承受得起的。

王声位指示国研的技术人员进行简单核算后，很快和孟庆海达成了开发一条中型罐头生产线的协议。

在河南开封肖庙村，也出现了相似的情况。一个叫刘得志的国研客户，和王声位一见面，就提出要订购一条红薯粉生产线。

刘得志比孟庆海有实力，他在广州先打工后开公司，买了车买了房，成了成功人士后，又返回家乡创业，从事食品加工开发。

河南开封是我国主要的红薯产地，"豫东红薯"因曾创造过亩产一万斤的纪录而天下闻名。由于历史原因，红薯一度被当成人们的主粮，很多人吃红薯都吃怕了。改革开放后，大家都出来打工，很多人甚至宁可在城市捡垃圾也不愿回到家乡，致使田地荒芜，红薯种植日渐减少。红薯又逐渐成了稀罕物，尤其是红薯粉条，已经是很多吃腻了大鱼大肉，崇尚健康食品的人变更食谱的选择。刘得志的想法是将家乡红薯资源开发出来，生产红薯粉条，也能让打工人回到家乡，种植红薯致富。

刘得志和王声位在广州就见过面,算是老熟人了,因此说话开门见山,甚至带点将一军的味道:"我需要1条日加工500吨的红薯粉生产线,你们能接单吗?"

国研出品的非标准机械有上百种,小型红薯粉条机也有,但日产500吨红薯粉加工生产线,还没有生产过。但是,王声位略一沉吟,就答应了:"没问题,我们3天内给你报价。"

王声位之所以如此淡定,是因为他的身后有技术高人。

王声位背后的技术高人是机械设计大师岑军健先生。

岑军健,广东人,全国劳动模范,非标准机械设计大师,享受国务院特殊津贴。

20世纪60年代初,岑军健为上海机械设备制造工艺研究所设计过4 000吨铝合金压铸机,这在当时是世界上最大的压铸机。这次压铸机的设计制造,让岑军健一"铸"成名。以后,他又为国防工业部主持编写了《新标准非标准设备设计手册》《非标准机械设计手册》,两部书每部五六百万字,上千幅插图,至今仍是非标准设计师的必备工具书。

后来,岑军健调到广东省粮油总公司,从事食品机械设计工作。

退休后,岑军健创办了广州健力食品机械公司,重点设计开发米粉、粉丝设备,系统开发了即食河粉、即食米粉、过桥米线、马铃薯粉丝、保鲜米粉新型生产线等机械制造,光向广州一市就出售了200多条生产线,几乎以一厂之力造就了一个新行业。

俗话说同行是冤家,但岑军健和王声位这两个从事食品机械制造的同行,却互相欣赏,互相支持,多方合作,最终实现强强联合,国研机械出资收购了岑军健经营了二十多年的广州健力食品机械公司。

因为痴迷食品机械研发,岑老爷子出让倾注了自己无数心血的公司时,还提了一个让王声位倍受感动的附加条款:免费担任国研机械公司技术顾问。

王声位大喜过望:这是求之不得的大好事啊!

王声位不是请岑老爷子担任公司技术顾问,而是请他担任总工程师;不是免费,而是授高薪——尽管,老人家早已财务自由,不在乎钱了,但他的本领、他的劳动、他的贡献都必须给予尊重。

岑军健这样的国家级专家，是国研制造在非标准机械领域领先世界的技术支撑，也是国研制造能满足客户各种订单要求的保障。王声位不无骄傲地说，食品机械领域，客户要什么，国研机械都有能力做出来，无论是罐头机还是红薯粉生产线，都没有过不了的技术瓶颈。

也正因此，刘得志要求的日生产能力500吨红薯粉生产线订单，对于国研机械来说，技术上并没有压力，他们很快达成了合作协议，并顺利完成了合同，双方皆大欢喜。

国研制造的乡村调查回访团到了全国21个省，在回访了上千家国研客户，赠送出了一百多台小型机械的同时，还签售了三百多份新订单，可谓收获颇丰。

当然，最大的收获，还是公司员工的思想统一了，经营思路也更明确了。原本有跳槽念头的销售总监也改变了想法，由衷地说："真没想到，我们国家有些乡村还这么贫穷，难怪国家这么重视扶贫工作，再不扶，乡村就更加荒凉了。公司把重心放在农村是对的，我以前过分在意提成，太自私了！"销售总监非但做了自我批评，还表态说要带头配合公司为乡村普及机械化多出力，多做贡献。

尽管乡村市场利润空间很小，但国研依然斥巨资购地兴建厂房，推进主要服务乡村客户的"国研食品机械体验中心"基地建设，主抓这项工作的是国研新任总经理王起。

王起是留美归来的机械制造专业博士，作为岑军健大师的关门弟子，他对中国的食品机械状况非常熟悉。他认为，国外从工业1.0到工业4.0走了两百多年，我国从严格意义上说只走了几十年。从1.0到4.0的过程可以缩短，但不能省略。"食品机械这一领域，真正称得上智能化的，目前还没有，我们的国研机械，也不是。"王起很坦诚地说，"我们目前的努力，依然是普及与适用，帮助乡土产品提升附加值，也就是助力乡村振兴吧！至于未来如何，我们有思考，也有规划，但我们首先得把连接未来的眼前走好，才有未来。"

| 第三章 |

高端装备制造的担当

装备制造业是国之重器，是制造业的基石。但凡制造业大国，莫不重视。

跻身制造业大国的中国，虽然曾走着拼低廉劳动力与销售市场的低端路线，虽然仍担着世界组装工厂之诟病，但在全球化浪潮中逐浪多年的中国制造早非吴下阿蒙已是不争的事实，上天、入地、下海、输电、国防等各领域都不乏高端装备脱颖而出，设计、研发、品牌都有能对标世界的先进阵容，充分显示着我国制造业巨大的创新力量。

为此，不甘于垄断了多年的市场被分割的西方制造强国，一方面越来越频繁地构筑"绿色贸易壁垒"与"技术壁垒"，图谋通过严格的市场准入条件和制裁措施扼制中国的高端装备纵深突破；另一方面则纷纷出台强壮自身的"再工业化"措施，以便拥有更多压制竞争对手的实力。尤其是美国，甚至在税制上做文章，将企业税率从35%下调至21%，无异于给该国制造业打了长效强心剂。

在这种情势下，竞争越来越激烈，已是在所难免；有些美国政客，甚至将竞争提升到了对抗的高度。

竞争也罢，对抗也罢，都必须应对。

各方战略纷纷亮相：德国颁布"工业4.0"战略，美国抛出"工业互联网"战略，中国推行"中国制造2025"……竞争各方，几乎不约而同都选择了"智能制造"为核心的突破方向。

干就是了！

信心满满的广州装备制造业已经在路上了——

一 黄埔文冲的国之重器

被美国"制裁"的船厂

2020年8月26日,美国商务部网站一篇新闻稿引爆网络,美国商务部将24家中国企业列入美国实体制裁清单,原因是这些企业"帮助中国军方在南海修建人工岛"。

被制裁的24家企业中,中船海洋与防务装备股份有限公司所属中船黄埔文冲造船有限公司(下称文冲船厂)赫然在列。

问题是,文冲船厂直接帮助国家在南海造岛了吗?显然没有。只不过,是承担造岛工程的公司购买了文冲船厂制造的挖泥船用于吹沙填岛而已,美国便不乐意了。

这在很多中国人眼里,根本就是闹剧;被"制裁"的中国公司,多数甚至还觉得是一种荣耀,因为能成为美国佬的制裁对象,至少说明实力不错啊!

是的,文冲船厂就是因为实力强大,才让美国气急败坏并大打出手的。美国人当然清楚,文冲船厂是我国华南地区军用舰船、特种工程船和海洋工程的主要建造基地,也是目前中国疏浚工程船最大最强的生产基地。

疏浚工程船其实就是挖泥船,是各大港口和河道清除淤积不可或缺的重型利器。当然,更是吸泥吹沙填海造岛的神器。据了解,在南海承担造岛工程的挖泥船,大多数都是黄埔文冲船厂的产品。因此,美国因拐了弯的原因对文冲船厂挥起制裁大棒,也符合美国的一贯做派。管不管用顾不上了,造

个声势总可以的,反正会有很多没什么原则和良心的政客与媒体帮鼓噪的。

2020年12月20日,笔者来到广州黄埔文冲造船有限公司,就美国政府的"制裁"对它的影响进行专题采访。

大长中国人志气的国家重器

文冲船厂,是一家有170多年历史的老牌船舶企业。

1851年,文冲船厂成立,主要从事船舶修理业务;

1951年,文冲船厂经过社会主义工商业改造,成为国营船厂;

2014年,文冲船厂和黄埔船厂合并,更名为广州黄埔文冲造船有限公司;

2016年,广州黄埔文冲造船有限公司划归中国船舶总公司管理,更名为中船黄埔文冲造船有限公司。

文冲船厂的多次更名,证明了文冲船厂从小到大的嬗变:从专事船舶修理,到1959年造出第一艘军用船,再到改革开放后造出一艘艘货轮、挖泥船、科考船、集装箱船,到造出自航式绞吸挖泥船,文冲船厂一路跋涉,终于站到了造船工业的最前沿方阵。

文冲船厂党委副书记晏楠接受了采访。晏副书记是一条西北汉子,大学读的是造船专业,毕业后被分配到文冲船厂,一干就是30多年,是位精通技术的党政领导。

晏楠副书记的秘书小李把笔者带到了办公大楼楼顶,在这里观望,整个文冲船厂尽收眼底。

只见船厂就像一个大建筑工地,吊塔林立,船台处处,各种生产车辆往来行走,机械轰鸣声不断。远处,在脚手架的包围中,几座大型建筑正在施工。不过,李秘书介绍说,那几座"大型建筑"不是楼房,是他们厂正在建造的船。

高处瞭望过船厂概貌后,小李又带笔者进入造船码头近景观察,感受热火朝天的造船实况。在巨大的船坞上,有几艘货轮正在焊接装配,每一艘有七八层楼高,工人们穿着统一的工装,戴着安全帽,都在有条不紊地忙碌着。小李不无得意地介绍说,正在造船的船坞,长360米,宽96米,深14.3米,能承担15万吨级以下的轮船建造任务,有"神州第一坞"之称。

然后,小李又带我们参观了另外两艘正在建造的大船——一艘耙吸式挖泥船、一艘绞吸式挖泥船。小李说,这两种船是文冲船厂具有核心竞争力的尖端产品,在疏通河道和吹沙填岛等工程中发挥过巨大作用,也是美国的主要"制裁"对象。"但这两种船完全是我们集团自主研制的,2017年就限制出口了,他们制裁这个,不就是搞笑嘛!"小李一脸笑意地说,"国外想买,我们也没法供应啊!"

一听眼前正在造的船是让美国人恼火的挖泥船,笔者赶紧多拍了几张照片留念,顺便满足一下自豪感。

参观完造船码头后,小李又带笔者到厂区的其他工场区转了转,感觉整个厂区被各种机械、材料和车间挤得满满的。

采访前了解过,知道文冲船厂占地12平方千米,当时觉得在寸土寸金的广州有这么大的地盘实在豪奢,但实际参观后,又感觉厂区还是狭小了。

笔者讲了自己的感受后,小李说,政府在广州南沙给文冲船厂批了一块更大的地,新厂区已经建得差不多了,正常情况下过了年文冲船厂就会整体搬迁过去。

对于文冲船厂来说,这当然是好事。但延续了170年的老船厂很快就要消失,却又让人觉得多少有点惋惜。

参观完厂区回到办公室,已经在等着的晏楠副书记开门见山地说:"我现在就回答你提出的问题:美国将我们船厂列入实体清单,对我们有没有影响?实话实说,小的影响有,大的影响没有。小的影响,其实就是某些媒体不负责任的揣测,认为中国制造和美国为首的西方国家差距很大,只要美国挥起制裁大棒,中国企业就有大麻烦啦!可事实上,除了芯片等少数尖端产业,在很多传统领域,中国制造已经非常优秀了,像海工装备的许多品类,差距很小了。比如我们文冲船厂制造的挖泥船,设计、研发全部自主,吨位与质量都能与世界任何同类产品对标，怎么会怕人家所谓的制裁呢！美国政府的行为，其实就是一场政治秀，造造舆论而已，根本影响不了我们前进的步伐；如果说有影响，那也是正面影响，那便是激励我们更加努力工作吧！"

晏副书记自信满满地回答了制裁的问题后，又对文冲船厂的发展历程与取得的辉煌业绩娓娓道来：

文冲船厂成立至今有170年历史了，开始时，主要从事船舶修理工作，为一些归港的木船涂漆防漏；民国时，有了钢板船、水泥船，业务范围有所扩大，但也不过就是增加些铆铆焊焊的工作；1949年后，公司收归国有，文冲船厂才真正驶上了快速发展的航程。

1958年，我国用58天就制造出了第一艘万吨远洋货轮"跃进号"。这艘船虽然不是文冲造的，但同样鼓舞了文冲人的士气，开始转产造船。第二年，文冲便造出了第一条军用船，受到了国家的表彰，并转为国家定点保军企业。此后，各地的技术骨干和高校毕业生一批批来到文冲船厂奉献青春与智慧，为国家造出了一艘又一艘军队舰船和各种民用船。

改革开放后，文冲船厂抓住发展机遇深化改革，全面挖掘各种潜能，在保军不变的前提下，加大力度发展民用船生产。很快，技术力量雄厚的文冲船厂便在日益开放的市场中脱颖而出，成绩非凡。尤其是主攻的集装箱船和挖泥船两大品类，更是出类拔萃，做到了罕有对手的程度。

从2011年到2020年，文冲船厂先后研发建造了1 700TEU（国际标准箱单位）浅吃水集装箱船（一代），1 100TEU、2 200TEU、2 500TEU、2 700TEU、3 400TEU集装箱船（二代），32 000吨、28 000吨散货船，以及10 000方至18 000方耙吸挖泥船、5 000m³/h和7 800kW绞吸挖泥船等多系列代表性产品。所开发的船型在线型优化、节能环保、噪音控制等各技术方面都达到了新高的水平。

其中，研发建造的国内首艘1 400TEU双燃料动力集装箱船、多型满足Tier Ⅲ排放控制要求的集装箱船等绿色环保船型，掌握了LNG（液化天然气）双燃料动力、除硫、除氮等多项新技术；开发了极地航行支线集装箱和全冷箱型、多用途型等集装箱船新船型。

在挖泥船这一类别，文冲船厂更是建树卓越。

文冲船厂自1997年自行设计研究生产出第一艘挖泥船开始，一发而不可收，历经20年的市场考验和经验积累，拥有从500方到2 300方，到5 000方，再到20 000方耙吸挖泥船的制造履历，高光不断，好评如潮。

比如为沧州黄骅港航务工程有限公司建造的首艘10 000方耙吸式挖泥船——"沧航浚1"就广受好评。这是文冲船厂建造的第40艘挖泥船，总长131.7米，型宽25.4米，型深9.8米，最大舱容可达10 000立方米，是一艘双机复合驱动、双桨、双耙、"一拖三驱动"的自航耙吸挖泥船。

为匹配黄骅港的地理环境，"沧航浚1"在母型船基础上进行了一系列的优化改进，不但性能提高了，还大幅改善了船舶环保性能及船员居住条件，满足了最新生效的各项规范、公约要求，客户非常满意。

比耙吸挖泥船技术含量更高的，是自航绞吸挖泥船，这方面文冲船厂的优势更大，建树更多。

自航绞吸挖泥船市场曾经被荷兰IHC公司等少数欧洲造船企业垄断。由于关键设备的技术壁垒，国内没有船厂能够制造超大型自航绞吸挖泥船。世界上运营的10艘超大型自航绞吸挖泥船，全部是外国公司设计和建造的，并隶属于一家国外疏浚行业的顶尖企业。

中国需要疏浚的河道港口众多，对自航绞吸挖泥船需求很大，但进口船价格昂贵不说，人家还控制出口，怎么办？当然只有自己造了。

2011年，文冲船厂积极参与了工信部组织的超大型自航绞吸式疏浚船关键技术的研究，整个过程长达3年，为建造超大型绞吸船打好了技术基础。

接着又经过两年论证，文冲船厂才正式上马绞吸挖泥船生产项目。结果很理想，当年便成功制造出了6 000kW绞刀功率自航式绞吸挖泥船。

6 000kW绞吸挖泥船，设计、技术、设备以及整体性能等多方面都达到了国际先进水平。该船总长168米，型宽29米，型深9.2米，吃水设计6.5米，可挖掘从细砂到中弱风化岩的各种土质，挖深从7米到38米可自行调节。

有了良好开局，接下来，就更加出彩，更加高大上了。

2018年，文冲船厂成功制造出7 800 kW超大型智能化自航绞吸式挖泥船。

该船总装机功率达25 260 kW，是我国新一代沿海水域、港口、航道的疏浚、吹填的"神兵利器"，功能强大，各项技术参数完全对标世界领先水平。该船总长148米，最大挖深38米，配置了挖岩、挖黏土和挖沙等3种不同类型的绞刀，还将配置多项国内领先水平的先进设备和系统。该绞吸船具备智能化、疏浚效率高、自适应能力强、环境友好等特点和优势。

2020年，黄埔文冲再显神通，成功推出了"长鲸9"自航绞吸挖泥船。

"长鲸9"绞吸挖泥船，总长150米，型宽29.2米，型深11米，设置了双耙、双水下泥泵和双舱内泥泵，挖深可达55米，排岸距离可达8 000米。

"长鲸9"是目前世界上技术最领先的挖泥船，是真正的重器、利器！

目前，文冲船厂制造的多款大型挖泥船都是国家严控出口的管制装备。这种限制措施肯定会影响到订单与利润，但文冲船厂上上下下都充分理解和支持上级出于维护国家安全出台的这项政策。

搞技术壁垒，再也不只是外国人的专属权利了，这是中国制造的巨大进步，是中国人的自豪与骄傲，更是我们的必需！

是的，大国重器，我们必须掌握在自己手里！

此外，其他类别的民用船舶制造，文冲船厂也已逐步实现了从制造到智造的升华，置身于世界前列位置。

他们生产的智能船舶"大智号"38 800吨散货船，顺利通过了世界上最难的船级社的认证。

他们研制的大型南极磷虾捕捞科考船，更是高智能、高技术、高附加值的代表作品，填补了我国在极地高端渔船领域的空白，推动了我国在南极的磷虾捕捞、加工和科考等多领域的技术水平，成为我国在南极开发、科考的重要利器。

他们还开发建造了大量的海工海辅船、多用途重吊船、化学品船、液化气体运输船，如6 000 HP（马力）环保工作船、MMC 887 MPSV（多功能平台支援船）、13 000吨多用途重吊船、17 000吨沥青船、9 500方双燃料动力液化气体运输船……这些船，都具备科技领先、质量领先的优势。

当然，还有许多属于保密领域不便公开的军用舰船……

晏楠最后说，南海造岛使用的挖泥船，大多数都是文冲船厂的产品，占比达到八成以上！

晏副书记坚定的语气让笔者充分感受到了他的自豪与骄傲。

二　瑞松科技的工业机器人

你好，机器人

机器人的概念如何界定，一直存在争议。

比较容易被接受的观点，居然是两个作家提出来的：

1920年，捷克斯洛伐克作家卡雷尔·恰佩克推出了他的科幻剧本《罗素姆的万能机器人》，以超凡的想象力描绘了机器人的横空出世，并预言机器人的发展将对人类产生悲剧性影响——人类制造了它，它最终造反消灭了人类……当年，这部剧引起了人们的广泛关注，"机器人"一词，便出自该剧。

1940年，美国科幻作家阿西莫夫在他的小说中提出"机器人三定律"：第一，机器人不应伤害人类；第二，机器人应遵守人类指令，与第一条违背的命令除外；第三，机器人应能保护自己，与第一条相抵触的除外。阿西莫夫的"三原则"，虽然只是科幻小说的创造，却成了后来学术界研发机器人的细则，被赋予了机器人伦理性纲领的地位。

这个时代，各式各样的机器人，已经陆续问世服务人类了。不过，从功能与形状来说，这个阶段的机器人叫"机械手"会更合适些。

如果从这个角度溯源的话，我国很早就有"机器人"了。

西周时，巧匠偃师用动物的皮和木头、树脂制成了能歌善舞的伶人。

汉代时，张衡发明了地动仪，还发明了记里鼓车：车每行一里，车上的木人击鼓一声；再行一里，再击鼓一声。

三国时期，诸葛亮造出来运送军粮的木牛流马，更接近后来的机器人了……

当然，有些东西可能只是传说，像归于鲁班名下的飞鸟木鹊之类；但有些东西，后人根据史料记载与合理想象，是成功复制出来了的，虽然没有史料描写那么奇妙，但却完全足以归入机器范畴。

这至少表明，中国人对机器人的想象、探索，甚至应用，很早就有了。只不过在近代，我们因这样那样的原因落伍了。

机器人的功能进入革命性的突破阶段缘于电子计算机的诞生。此前的机器人，还只局限在机械方面，电子计算机诞生并广泛使用后，数字化、智能化便成了机器人研究追求与发展的方向。各种各样的机器人被一一研制出来，机器狗、机器猫、潜水机器人、机器排爆人、翻译机器人、手术机器人、性爱机器人、清洁机器人……基本上，世界上但凡有需要的地方，都有机器人诞生并大显身手。

由于一些历史原因，我国的机器人研发起步得比较晚，在相当长的时间内，都大大落后于世界平均水平。改革开放后，决策部门意识到了机器人的伟大前景和这方面存在的差距，出台了一系列支持机器人研发的政策，加上市场需求的强烈刺激，我国的智能装备公司纷纷成立，机器人制造行业终于赶了上来，虽然精密性上跟西方制造大国比差距尚不小，但数量增长幅度早已实现超越。

出品多的主要原因，是市场需求日益增大。有关资料显示，2010年我国新安装工业机器人为14 980台，2011年达到22 577台，同比增长50.7%；2014年，这一数字上升到大约16.2万台；2020年，我国的机器人已增加到80.5万台，这其中有60.4%是我国自己生产的。

随着我国人口红利逐渐减弱甚至消失，人力成本不断上涨，用机器人替换人上岗的策略未来会是很多企业的必走之路。尤其是机器人国产化进程加速了机器人价格的下降，使用机器人的性价比优势会越来越大，这种趋势基本上是不可逆转的。这种趋势对就业形势会形成一定压力，但对减少企业经营成本、解除危重工种危险、提高出品或服务质量等方面是具备积极作用的。可以预见，在市场需求日益庞大的趋势下，只要国家政策层面对机器人领域的支持力度不减弱，中国机器人的研发与应用的增长幅度将会继续加速，到2025年，机器人世界第一制造大国和第一应用大国的称号都会被我国拥有。

在中国，广东是机器人生产大省。目前，世界上每诞生五个机器人，有一个来自中国制造；中国出品的机器人，每五个里面，就有一个是广东制造的。尤其是在具有感知、分析、推理、决策和控制功能的智能工业机器人领域，广东出品的地位更是举足轻重，其发展不断引领潮流。

广东的优秀机器人制造公司很多，像深圳的研祥智能科技、优必选科技，东莞的拓斯达科技、伯朗特智能装备，广州的启帆工业机器人、博创智能装备等公司，都是享誉业界的翘楚，每一家都有值得大书一笔的特色与贡献。我们今天重点说的广州瑞松科技，则因在汽车全自动生产流水线上拥有完善的机器人操作系统而名噪天下。该系统是先进制造技术、信息技术和智能技术的集成和融合，体现了制造业的智能化、数字化和网络化的最前端水平。

广州瑞松科技给汽车制造商提供的智能装配流水线，已能做到全员机器人操作，点焊、弧焊、螺柱焊、涂胶、拧紧、绲边等生产工艺，都被机器手臂一一完成。在3D（三维）视觉引导技术下，生产线自动识别零件的位置，快速修正机器人轨迹并准确定位零部件……仅仅45秒，一台汽车就能从流水线下来，这技术简直是"神"一样的存在。比"神"更"神"的是，一套机器人装置，可以同时满足四款车型的在线生产，想生产哪款车型，一分钟内就可以完成转换。

如此强大的智能化机器人生产系统，自然广受用户欢迎，特别是汽车制造全套解决方案。光是广汽公司一家，就有八条生产线是由瑞松科技提供的。瑞松科技的机器人系统关键零部件，更是早在2015年就出口到了制造业非常先进的德国。

当然，不仅在汽车生产领域，瑞松科技研发的电梯机器人生产线，精密电子柔性自动化装配线，摩托车、电动车轻量化焊接生产线，机器人工作站等智能系统，也都领先业界，享誉四方。

2020年2月，瑞松科技在上海证券交易所科创板上市交易，跨出了迈进资本市场最重要的一步。

对此，瑞松科技董事长孙志强说，瑞松科技正在向更高、更强发展，目标是成为优秀的机器人及智能装备产业的整体技术解决方案制造商："把智能制造这个'蛋糕'做得更大一些、更厚一些，这需要资本支持，需要加油！"

艰辛征程

孙志强话说得很坦诚、很实在，就像他的秉性，就像他的长相。

孙志强的形象很朴素，乍一看真不像引领技术潮流的亿万富翁。他的经历，他一路跋涉而来不容易，倒是与他的形象更像在一个频道上似的。

他是福建人，16岁便走向社会，在福建安溪县一家汽修厂当学徒。他的师父对他要求十分严格，让他吃了很多苦头，也让他掌握了很多汽车维修技术，更让他明白了严师出高徒的工匠传承精髓。他日后自己带徒弟时也一以贯之，收获良多。

五年磨砺，使孙志强成了一位技术娴熟的汽车修理师傅，这时的他还不满22岁。当师傅虽然收入稳定，衣食无忧，但他年轻的心并不甘于就这样当一辈子打工人，他向往有更大的用武之地。所以，稍有点积蓄后，他便辞职前往上海，在丰田通商从事汽车零部件的销售和代理，走上经商之路。崇尚做生意是很多福建人灵魂深处的天性，孙志强也不例外，但现实却并不是总能让这天性成功发展的，有时候播种的是西瓜，收获的却只是芝麻。孙志强的这次商业经历，收获就乏善可陈，打拼三年的结果是背着空空的行囊返回家乡，本钱亏光了。当然，也不是毫无好处，至少收获了经验和教训，还结识了一些生意伙伴，有了一些人脉。

更重要的是，孙志强还年轻，才25岁，正是男人最有胆气的时候，并不害怕失败。他回到家乡后，很快就四处筹钱开了一家汽修店。他自己精熟汽车修理技术，又有几年的汽配生意经验，做汽修这一行可谓是挟技而行、熟门熟路，本该是顺风顺水才对，谁料生意之外却又风波频起，令他的人生经历了多次劫难。

他先是遭遇车祸，身受重伤，住院长达半年之久。发生在1984年夏天的这场车祸，给了孙志强大把思考人生的时间，也让他成熟了很多。因此，五年后的1989年，命运再一次打了他一巴掌，让他在一次修车中发生严重工伤事故时，他就能冷静应对了。这次事故，让他的眼睛严重受伤，若治疗不妥，会有失明的危险。但孙志强并没有绝望，而是积极应对，辗转来到医疗条件一流的广州中山眼科医院求治。

孙志强的眼睛保住了，他为此花光了自己的积蓄，还欠了五万元的债务。

但他觉得很值得，尽管在当时，五万元是一笔巨款，压到已经身无分文的他肩上，更是无比沉重。他坚信他的眼睛，比无数个五万都重要。

眼睛恢复了健康的孙志强站在医院的阳台上，望着车水马龙、充满活力的广州街景，开始琢磨起怎样赚钱还账的事来。蓦地，一个念头令他激动不已，他觉得自己应该留在这座城市谋求发展，他坚信这个治好了他的眼睛、给他保住了光明与希望的城市，一定会继续给他带来好运的！

后来发生的无数事实，仿佛都在印证孙志强这瞬间一念的正确，他很顺利地在广东省通用机电设备公司找到了工作，并很快担任了营业部经理，主管进出口商品销售。治好了他眼伤的城市果然继续源源不断地给他好运气，他则回报以不懈的努力和优异的业绩。很快，收入提成水涨船高的孙志强就还清了欠账，并逐渐打开了自己的一片天地，有了自己掌控的销售网络和越来越宽广的人脉。

1994年，孙志强从某个可靠渠道获悉，日本松下电器准备在中国投资生产电焊机及机器人，要在中国招募中国代理商。那个年代，日本在制造业界的技术领先，对于中国来说是具备压制性优势的，因此对于这个领域，孙志强虽然并不熟悉，但他依然敏感地意识到，这是个很好的商业机会。为了能取得和松下电器的合作机会，孙志强花了很大力气，埋头钻研起焊接技术和机器人世界来。凭着自己对学习的专注和机械修理的基本功底，孙志强很快就把这个领域的情况了解得七七八八，可以说基本成了知情人。成了知情人的他发现，原来中日之间焊接技术方面存在的差距比他想象的严重多了。

差距大，当然不是什么光彩事，毕竟落后的一方是我们；但对于商家而言，差距的背后，却是实实在在蕴藏着机会的。

很快，孙志强成立了自己的公司——松兴电器，并成功地取得了松下电焊机及机器人产品在中国的首家代理商资格——这时，是1995年。

1995年的中国，正处于人口红利鼎盛期，万千厂商在广东建厂，万千打工人涌到广东，操着不同口音的年轻人遍布广东的城乡集镇，或找工或游荡，或者挥洒着廉价的汗水换取生存与发展的机会——在劳动力还万众攒动争饭吃的情况下，孙志强代理的机器人产品明显是不合时宜、太超前了，遭受冷遇与尴尬自然在所难免。

但是，孙志强却始终信心满满，认定技术先进一定是优势而非短板，他百折不挠，用了将近500天时间，终于将一条当时中国最先进的机器人焊接自动化生产线卖给了五羊本田摩托车厂。

第一单确实很难，就像在漫长的泥泞中跋涉一样，但走过了泥泞，孙志强很快就迎来了快速发展期。随着一条条机器人流水线被卖出，他完成了雄厚的资本积累，开始了从引进吸收往自主创新发展方向的探索。

孙志强认为，如果长期从国际引进技术、产品、服务，那仅仅是个人的赚钱行为，对国家的产业发展并无多少意义。这个时候，他的境界早就不是当修理工时代的他了。

新千年来临时，广汽本田开始发力，产能翻倍增长，依然供不应求。不过，当时还处于"中国制造"的起步阶段，广汽本田虽然走俏神州大地，却是以市场换技术成果的产物，利润蛋糕的大头是要被外国人分走的。

技术就是金钱啊！作为商人的孙志强再一次感受到了技术的威力，决定加大力度引进日本技术。落后就得向先进学习，这没什么不好意思的。第一次工业革命时，德国人对英国的技术几乎是全方位引进，最终在很多领域都实现了超越。孙志强正是这么想的。2002年，他扩大了和日本松下公司的合作，将松兴机器重组为广州日松工业自动化有限公司，主要从事焊接产品、焊接材料、机器人、切割机的销售技术引进和技术研发。这个时期，日本的很多技术在中国，依然是"神"一样的存在，因此他的公司发展得顺风顺水。

2007年，孙志强又下出了两步好棋，一是与日本松下共同出资成立松下机器人焊接技术中心，二是与日本北斗株式会社共同投资3 500万元成立了北斗（广州）汽车装备有限公司，宣告正式走上制造业之路，并定下了通过消化、吸收先进技术，进行创新以形成自身的品牌竞争力的策略。孙志强坚信中国的汽车工业不可能总让外国捏着尾巴，自主研发、自主创新的时代必将来临，而他，则是先行探索者。

接下来的几年时间，自信的孙志强投入了大量人力、财力消化吸收北斗在汽车智能制造方面的核心技术，进而实现了绝对控股权与话语权。2012年正式成立广州瑞松科技有限公司是孙志强水到渠成的行动，这个时候，他的团队已经将曾经对其顶礼膜拜的日系技术完全消化，开始斥巨资研发具有自主产权的新技术了。

接下来，专注机器人焊接技术的瑞松科技攻克了复杂的曲面结构搅拌摩擦焊接关键技术，掌握了智能化机器人搅拌摩擦焊系统核心技术，进而研发出了中国首台机器人搅拌摩擦焊系统。这个系统具有无烟雾、无弧光、无飞溅、无须填充焊丝、无须开坡口、无须焊前处理、无须保护气和焊缝质量高等特点，已成为关键零部件实现轻量化、绿色制造、高效精益生产的关键技术。搅拌摩擦焊接技术可以满足新能源汽车、船舶、轨道交通、航空航天、5G通信等行业对结构轻量化日益提高的要求，可以说意义非常重大。

此外，在中国汽车制造装备技术"卡脖子"的关键性技术上，瑞松科技也实现了突破，比如此前一直被国外垄断的应用于汽车装备生产方面的虚拟调试技术、3D视觉引导技术、高速绲边技术、无动力伺服技术、超高速传送技术等领域，瑞松科技都迎头赶上或实现超车了。

瑞松科技最大的优势是提供智能装备及机器人系统智能制造技术，这相当于为机器人造环境、挖潜能。在智能制造系统解决方案方面，瑞松科技将机器人、PLC（可编程控制）、HMI（人机界面）和CNC（计算机数控）等功能单元或控制方式高度整合，实现网络化集成控制；将机器人无缝接入车间MES（制造企业生产过程执行管理系统），实现工业化和信息化的深度融合，提供数字车间与数字工厂解决方案。在智能生产方面，瑞松科技的视觉应用技术，已成功应用于各个行业的焊接寻位、焊缝跟踪、工况检测、成品检测等领域，并可以在无须人工干涉的情况下引导机器人自动实现对工件的坐标补偿，进行加工。

迄今为止，瑞松科技已为制造产业界提供了各系列机器人5 000多台和近千套焊接、激光、搬运、涂装等机器人自动化生产线等高端装备，是广汽、蔚来等多家重要车企的设备供应商，曾经8次获得广汽丰田设备供应商"品质优良奖"。可以说，在机器人与智能制造的研发、设计、制造、应用和服务领域，瑞松科技的探索与贡献是巨大的。

下一步，瑞松科技已经确立了以技术引领企业发展的战略，重点研发面向"新材料、新工艺、新技术、新应用"，包括数字化虚拟调试技术、数字化工厂的工艺规划、机器视觉技术、焊接过程智能控制技术、机器人高精度高速度柔性装配技术、轻量化材料连接技术、机器人搅拌摩擦焊及其产业化在内的行业领先技术，从而不断巩固技术优势。

对于工业机器人的未来，孙志强是坚定看好的，他认为正开启的工业4.0时代对于智能装备系统集成商来说是大机会，因为产业发展离不开智能装备行业，更离不开提供智能制造系统解决方案的企业。而未来工业互联，包括5G时代的到来，则会驱动机器人应用领域不断往纵深拓展。

"中国制造2025"的核心是主打智能制造，在这个战略中，高端装备和万物互联是两大支柱，缺一不可。我们祝愿已经在柔性制造、智能制造方面拥有巨大优势的广州瑞松科技继续前进，为中国制造的明天创出更响亮的名牌！

三 广州地铁的智慧装备

一个城市建设地铁，一定是因为地面交通拥挤必须拓展新的出行通道，对吧？

很多人会回答对，但广州地铁偏偏不是。

广州地铁始建于1965年，那个时候广州人口还不足400万，大街小巷汽车很少，人们的出行方式主要依靠公交车和自行车，根本不存在交通拥挤这回事。

那为何要上马地铁项目呢？

答案竟然是战备需要！吃惊不？

那个年代，中苏关系已经交恶，我们曾经的"老大哥"苏联在我国北部边境线上陈兵百万，战争一触即发；我国东面和南面，美国拉拢日本、韩国、印度对我国形成了大半个包围圈；1964年，美国在越南又挑起的"北部湾事件"，将战火烧到了我国的南海和海南岛南部……面对这种形势，1964年8月，国家建委召开一、二线搬迁会议，提出要大分散、小集中，少数国防尖端项目要靠山分散隐蔽（简称山、散、洞），三线建设在中国拉开帷幕。

广州山不多也不大，挖洞备战便是最好的选择了。所以，省市领导制定了建设一个"'战时疏散群众，战后发展交通'的平战结合"隧道计划，并且获得了中央批准。

因为是军备的需要，属于绝密性质，所以当时的广州副市长灵机一动，将"地下"二字拆解成九笔，命名为"九号工程"。

后来担任广州地铁总工程师的陈韶章回忆说，现在的广州火车站对面有一座青砖高墙的大院，里面古树成荫，院南有一个小门，写有"兰圃"二字……20世纪60年代，"九号工程"秘密指挥部就设在这里。陈韶章当时刚刚从广州工学院毕业分配到这里工作。

陈韶章参与了全程地质勘探与规划，最后，经过广东省委和广州市政府决定，工程指挥部为广州设计出了一条"十"字形隧道。纵向为南北线，从南方大厦、人民路、解放北路到三元里；横向是东西线，沿东风路到东山。

那时，中国刚刚经历过"三年严重困难"，外部又有美、苏的制裁"围剿"，在这种艰难的形势下，广州市政府筹措到了1 000万元，开始地铁建设。当时除了资金缺乏，更遇到各种技术难题，但建设者们百折不挠，总算攻克了种种难关，于5年后的1970年5月宣告竣工。

只不过，竣工的"九号工程"居然不能铺设轨道运行地铁。原来，这个工程主旨是战时需要，很多设计便首先考虑备战因素，如在主洞外挖了许多副洞，以备一旦遇到战争，人们能在里面生活，所以回旋很多，分岔小洞也多，充其量也就是个庞大的人防工程而已！

修地铁修成人防工程，用现在的眼光看未免有点搞笑，但在当时，却是落在正轨上了。因为两年后的1972年，毛主席就发表了"深挖洞，广积粮，不称霸"的指示，号召全国人民大量挖防空洞备战，广州在挖洞行动上，简直是先行者。后来，广州和全国一样，又挖了很多洞，还专门成立了一个叫"人防办"的机构管理这些洞，给历史添上了很有趣的一笔。

修地铁变成挖洞，广州地铁走出第一步。此后的1971年、1974年，广州地铁工程又重复了上马又下马的命运，真可谓好事多磨了。

1993年3月，广州地铁再次上马，那个时候的广州街头车辆堵塞与人潮涌动已是常态，修地铁已是解决地面交通拥挤与堵塞之必需！

4年后的1997年6月28日上午10时，在彩旗鲜花簇拥中，一辆载满领导、科技人员和劳动模范等500人的明黄色地铁，从西塱站缓缓开出，一路奔向黄沙站。在这一刻，广州拥有了自己的第一条地铁，世界上有了第86条地铁。按照设计，截至2035年，广州将开通21条普速地铁、12条快速地铁、5条高速地铁，广州市内里程将达到1808千米。

就在这趟首发地铁上，就在大家的欢欣鼓舞中，有一位老同志默默流下了眼泪，他就是广州地铁总工程师陈韶章。

从"九号工程"到地铁1号线挂牌，时间走过了34年，陈总工的一生精力，几乎都倾注在了广州地铁上。

自一号线通车起，广州地铁便一改以往不断下马的厄运，像开了挂似的以震惊世界的速度发展着，2号、3号、4号、5号……一条条接连通车。截至2019年12月28日，广州地铁已经开通运营14条线路，设置车站271座，总运营里程513千米，运营里程中国第三、世界第三……

随着广州地铁各条线路的开通，及客流量的不断加大，广州地面交通拥挤的压力，延伸到了地下。数据显示，2010年，广州地铁日均客流量400万人次，到了2018年，广州地铁日均客流量达到828.77万人次，2020年3月22日这一天，客流量竟高达1156.94万人次！

广州地铁客流量最多的是3号线，远超北京和上海的任意一条线路而居全国首位。并且，因为线路长，地铁3号线没有客流高峰低峰之说，从白天到晚上，始终人流浩荡。虽然，地铁3号线将一趟车加长到两趟车的长度，将每趟车间隔时间缩短到1分58秒，直逼1分30秒的极限，但是，客流压力并没有减缓的迹象。

客流量越来越大，客运压力也越来越大，怎么办？

广州地铁管理者未雨绸缪，早在2014年就做出了打造智慧地铁车站的决定。

所谓智慧地铁，就是充分利用大数据信息科技，创造一个智慧管理"大脑"，让地铁更快捷、更方便、更安全、更准时运行，以此应对日益膨胀的客流量。

这个工程的关键是智慧大脑这个高级装备的打造，因此互联网与大数据巨头腾讯公司、佳都公司等多家信息技术水平卓越的公司与机构成了广州地铁总公司的合作方。

经过5年多的研发与测试，一套具备"精准便捷、全息感知、智能分析、全景管控、主动进化"等诸多功能的智慧地铁车站体系终于打造成功：

精准便捷——建智慧车站最终的目的就是要为乘客提供精准、便捷、安全、可靠、高效、经济的服务，而在未来，延伸的应用将会更多。其主要内容包括智能安检、无感通行、室内导航、乘客信息显示、智能客服、自助客服、乘客APP（应用程序）、客服机器人等。

全息感知——包括人员感知、设备感知、环境感知、事件感知、外部感知的五大感知。

智能分析——充分利用人工智能和大数据技术，实现客流预测分析、设备健康分析、智能节能、系统故障预警、安全事件预警和视频分析等智能分析。

全景管控——在管控方面可实现的智慧应用最多，强调全业务、全场景的管理和控制，主要内容包括运营管理综合看板、设备数字巡检、全景监视、场景化的车站管理、数字施工监管、应急预案、车站视频巡检、客运联控、自动化运营、车站微观客流热力图、移动站务、安全管理等。

主动进化——通过数据建模、采用深度学习模型、基于大数据分析车站大脑，最终实现智慧车站主动策略优化、效率优化的进化。

2019年9月9日，广州地铁总公司和佳都公司、腾讯公司、广州地铁设计院等26家公司联手，在广州地铁3号线、APM（自动旅客捷运系统）线广州塔站和21号线天河智慧城站，推出了智慧地铁示范站。

智慧车站，给人带来了不一样的智慧体验。

坐过地铁的人，可能都遭遇过买票的尴尬，排着长队不说，钞票稍稍有点折痕，被售票机反复将钱往外推出，换了几张钞票才好用，结果又给你回找出一堆硬币……这一周折，看上去只是搭上了你自己的几分钟时间，其实起的是蝴蝶效应，还有后边排一长队人的时间，也是整个等待乘地铁人的时间。

进入智慧车站，只要你手机下载地铁APP，输入你的信息并打开支付功能，手机一晃，就可以进闸出闸了；如果你还嫌费事，在智慧售票厅注册人脸和指静脉识别系统，你的个人信息就和智慧地铁绑在一起了。进站和出站，只凭一张脸，就可以自由往来。这感觉，就像地铁是自己家的一样。

如果你带有行李，过去要将包放到传送带上等着安检仪检查透视一番；在智慧地铁车站，这些都成了历史，无论你背着包还是提着行李，直接自由通过。因为从你进入地铁车站那一刻起，各种智慧仪器就把你看得明明白白，而且不是一遍两遍，是全程监控、检查。

进站等车间隙，还有广州地铁吉祥物"悠悠"（机器人）在站内等着你，告诉你不要越过黄线，告诉你等的车还有几分钟进站，当然，你问一些别的问题，悠悠也会耐心回答。

如果你有闲，想在地铁内"视察"一番，手机扫描站内二维码，车站内从哪儿到哪儿一目了然，甚至，过去一直让人诟病的地铁车站内没有厕所，在智慧车站里也很容易就能找到。

马上就要进站的当列地铁，哪节车厢人多，哪节车厢人少，你不用从排队等着上车的人数来判断，打开手机地铁APP，数据就传给你了。下了地铁，如果你对多个出口发蒙，不知道哪个出口才能对应你要去的地方，这也不用急，手机地铁APP仍会帮你指路，将你送到站外，保证不会让你多走弯路。

对于车站一方，节省乘客时间和保证乘客安全是重中之重，有了智慧地铁大平台作为依托，大量运用计算机视觉、生物识别、智能传感、无线通信、激光探测等技术，不仅全面提升了车站的数据感知能力，更实现了车站运营的实时监测。这监测包括微观客流、热点客流密度、车厢客流密度、电扶梯运行状态、有害气体探测、入侵及行为异常监测、遗留物监测、站台门夹人检测、金属探测等等。这些监测数据会实时传送给智慧车站的"大脑"进行智能分析，并使用分析结果进行决策或呈现给运营人员做决策依据。

总之，通过数据通信与传感网络、三维可视化与虚拟仿真、智能分析与智能联动等最新技术的联合应用，将完成对车站多方位、跨专业的管控，有效提升车站信息化水平，在大幅提高运行效率和服务品质的同时，还将降低运营成本。

据悉，广州地铁在设置智慧车站时，将智慧地铁功能分为四个等级。从第1级的基础级，到第4级为最高级，选取乘客服务、行车组织、调度指挥、车站管理、运营维护、安全保障及应急处置6个方面，功能项目又细分为22类共80项。

目前，广州地铁智慧示范站以"全景式安全灵活高效运营管理"为目标，实现了其中24项功能，其中17项达到了第二级，7项达到了第三级。

未来，广州地铁全线网络将逐步提升为智能感知、智能联动的智慧地铁最高级别，广州地铁的所有车站都将成为智慧车站。

第二次工业革命，小汽车将美国塑造成了车轮上的国家，影响了美国的城市形态和人们的出行习惯；第三次工业革命，中国轨道交通的蓬勃发展，也必将让中国成为轨道上的国家，重塑城市的格局与市民的生活。

广州地铁，作为中国轨道交通的重要一环，正在成为广州地下的"血脉"，相信，随着智慧车站的普及与升级，每一条血管都将畅通无阻，广州市民的出行将更加方便快捷，广州的明天将更加美好与繁荣。

| 第四章 |

从制造到智造,广汽在行动

智造，无疑是通向未来的高速路。

谁占领智能化技术高地，谁就拥有制造业的未来，这是不争的事实，也已经是全球制造业的共识。有条件的地区，已经在智造的路上飞奔，并交出了亮丽的成绩单，升级的、跨界的、兼并的，层出不穷。

广州制造业也不遑多让，在智造上敢于也善于投入重兵，先行者已然硕果累累。

一 梦想正照进现实

有一天,鸟儿将你从梦中叫醒,你打开窗户,吸一口沾着花香的空气,掬一捧阳光柔柔地擦把脸,这时,门外传来说话声:"主人,您上班的时间到了。"

你换好服装,带上文件包,门外,一辆灰黑色的汽车停在那里,刚才,就是它在向你说话。

你走到车前,汽车门徐徐为你打开,你坐在舒适的座椅上,安全带自动为你系好。汽车再次和你说话:"主人,今天白天25摄氏度,晴,旅游的人较多,解放路和广州大道车较多,我们走海珠路吧?"

你说了一声"好",汽车悄无声息地轻轻启动了。

坐在车里,你有多种选择:

1. 可以吃一份营养早餐;2. 可以喝一杯绿茶;3. 可以将手放在特制的智能板上,检查一下身体;4. 可以听听新闻;5. 可以继续重温晚上的梦,小寐一会儿……当然,这只是很简单的一些选项,如果你不嫌复杂,车里还有多种选择,你能想到的都有,你想不到的汽车也为你预备好了,还需要哪些服务,点击下载就行了。

如果你刚拥有这辆车,想观察一下它在路上的表现,那你就看吧。

平整、光洁的高速路,路两边缀满绿植,异木棉繁花似锦、风铃木满目洒金。路上,一辆辆造型简朴、颜色沉稳的汽车都和你的车并无二致,每一辆车,或前或后,或左或右行驶得悄无声息,距离恰到好处,即使近到两厘米,也不会相刮相撞……你感觉你的车在车群里就成了一条鱼,随着整个鱼群秩序井然地游动，即使车再多，路况再复杂，也不会拥堵或相撞，谁见过鱼与鱼在水里相撞呢？

车选择了路，路配合着车，二者达到了有机的组合，就像鸟儿和蓝天，就像鱼儿和大海，自然又和谐。

你在写科幻小说吧，这是汽车吗？

是汽车，是智能汽车，是无人驾驶的智能汽车，是只要进入系统，人啥都不用管了的汽车。

居里夫人说："我要把人生变成科学的梦，然后再把梦变成现实。"

100年前，能看一眼汽车都是梦；50年前，拥有一台汽车就是梦；10年前，能摇到一个汽车牌号就是梦；5年前，换台电动汽车就是梦；现在，拥有一台智能汽车又成了梦。但是，这个梦已经不再遥远，科学正把梦境变成现实。

所谓智能汽车，就是智能和汽车二者的组合，就是"1+1"的组合。

30年前，"大哥大"风行一时，再大，也只是一个电话。现在的智能手机，本身还是电话，但电话功能只成了其中一项，还可以照相，还可以听歌，还可以观看视频，还可帮你收款付款……智能汽车也是这样，本身还是一辆汽车，但是，车里装了更多的智能软设备，可以按摩，可以餐饮，可以聊天，可以游戏……说白了，智能汽车就是一个能载人的全能机器人，能帮助你智慧出行。它通过大数据、云计算，能将交通安全风险降到零。以后，再也听不到"马路杀手"这个词了；以后，"交警""司机"也都将成为遥远的记忆了。

用行话说，智能汽车就是一个集环境感知、规划决策、多等级辅助驾驶功能于一体的综合系统，它集中运用了计算机、现代传感、信息融合、通信、人工智能及自动控制技术，是一个典型的高新技术综合体。

2020年2月，国家发改委印发了《智能汽车创新发展战略》，为智能汽车未来的发展指明了方向。

据全球知名经济咨询机构IHS汽车部门预测：2025年，全球将拥有23万辆智能汽车；2035年，全球将拥有5400万辆智能汽车；2050年，全球所有的汽车都将是无人驾驶的智能商务汽车。

智能汽车是未来汽车市场上最大的一块蛋糕，而中国市场，又是这块蛋糕最大的一块落地点。

马斯克高瞻远瞩，2019年就将他的特斯拉搬到了上海，生产电动汽车，研发智能汽车，除此之外，丰田汽车、大众汽车、戴姆勒公司、通用汽车、福特汽车、本田汽车、日产汽车、宝马集团这些老牌车企无不跃跃欲试，都摩拳擦掌准备抢占这块市场，甚至，过去一直远离汽车的企业，如谷歌、苹果、百度因其在互联网方面的优势，也都纷纷伸出了勺子，宣称要造车，要挑战车企，要"外行领导内行"，要分一块蛋糕。

中国市场虽大，但是，相对于欧、美、日那些老牌车企，相对于那些高科技发展公司，中国车企能切下一块蛋糕吗？

对此，中国广汽集团（以下简称广汽集团或广汽）回应得很霸气："我能！"

二　广州人的造车史

提起广汽,在很多人印象里,这是一家中日合资企业。广汽本田作为一大品牌,中国尽人皆知。

事实上,广汽集团却是一家老国企,早在中华人民共和国成立之初,广东人的造车梦便萌芽了。

1954年,广州公共汽车修理厂的工人师傅发扬自力更生精神,在没有设备、缺少零配件的情况下,采用铁木结构,用修车拆卸下来的废旧配件,"造"出了第一辆"华南牌"公共汽车。

1966年,广州公共汽车修理厂的工人们满怀对伟大领袖毛主席的朴素感情,造出一辆"红卫牌"卡车,开到北京向毛主席献礼。

有广州公共汽车修理厂走在前面,广州小汽车修理厂也不甘落后,1974年,工人师傅们半手工半机械,造出了一辆"广州牌"小轿车。

30年广州造出3辆汽车,我们在歌唱工人师傅"自力更生,艰苦奋斗"的同时,不能不承认,我们的技术太落后了。

改革开放的20世纪80年代中期,广东才算正式步入造车轨道。

1986年,广州市汽车公司和法国别儒(标致)公司合作,开始生产广州标致。

法国别儒(标致),是法国的一家老牌汽车生产厂家,在全世界分布有几十家工厂,和广汽合作,不过是看上了中国市场;广汽和别儒合作,就是看上了别儒的技术。

两家公司取长补短,相得益彰。

广汽当年投产，当年见效。

1986年10月10日，广汽投产的首款车型"广州标致505 SW 8"旅行车正式面世。

"广州标致505 SW 8"由法国别儒公司设计，全部采用进口原材料生产。汽车甫一面世，就让人见识了什么叫轿车，什么叫高档豪华轿车。

当时，正赶上中国公检法队伍壮大，用车需求大，再加上这款车用的全是进口的真材实料，当年，广州标致生产的900多辆车销售一空。很多乍富起来的老板想买车，还得四处托关系，走后门，手里拿着"特批"的条子才能买到。

1989年9月11日，广州标致又投产了505SX轿车，这款车的问世让广州标致的辉煌达到了顶峰。

据资料介绍，广州标致505都是采用了前中置2.0L纵置直列四缸发动机，后轮驱动，前后配重非常完美。但凡当时比较过其他车型的人，都会对505卓越的驾驶感受与乘坐感受（尤其是后排）赞不绝口。令广州标致505SX在当年热卖还有另外一个原因，当时仅有的上海大众、天津夏利、一汽奥迪等极少数的厂家都存在产能、产量不足的问题，普及型轿车桑塔纳根本无法满足人们的用车需求。广州标致505系列车型一出炉就成了众人哄抢的"香饽饽"。在当时国人的心目中，能开上一辆标致"雄狮"，绝不亚于开上了现在的宝马、奔驰。

1991年，广州标致在国内市场占有率达到了16%。

但是，由于大环境的剧变，国内整体汽车行业大规模的产品积压现象非常严重。从1992年开始，广州标致505系列车型的销量就直线下滑。

1994年，中国汽车产业政策出台，要求中国车企造车的零件国产化率整车不低于40%，同时，对进口零件加收高额关税，整车零件全部依赖进口的广州标致无疑挨了当头一棒。

进口零件价格高，广州标致只能抬高售价，但其他车企纷纷崛起抢占市场份额，致使广州标致的库存量达到了最高值，车子堆满了位于黄埔的工厂停车场，连附近稍宽的马路也被505车满满占据。

据说，后来工厂实在找不到地方停放车子，厂里的相关领导还跑去租用黄村的机场用以停车……据统计，当时广州标致工厂累计库存超过8 000辆。

至此，广州标致公司便已处在风雨飘摇、挣扎度日的边缘。很多库存车型，由于停放的时间较长，崭新的外壳变得斑驳陈旧，甚至成了野猫、老鼠安家的"窝"。

据媒体报道，当时法国标致的二把手巴贝到访广州标致，看到如此大的汽车库存量大惊失色，说道："假如是在法国，库存量这么大，肯定停产了。"

到1997年，广州标致年销量不足1 000辆，公司累计亏损额达到29亿元。

最终的结果是，以1美元价格卖掉了在广州标致的所有股份和债务，与广州合作12年之久的法国别儒才得以抽身。

当时定价18万人民币的标致505轿车，一夜之间狂降至10.8万元，广州标致汽车的存货迅速被清零，广州标致也从此被清零。

广州标致505，在中国12年间经历的辉煌与衰败，正是广州标致合资公司在那个特定时间段的历史见证。它是中国最早的"驾驶者之车"，却也成了中国汽车市场上第一个退市的合资品牌车。

广州标志走了，却并未走出人们的记忆。

有老板回忆说："我买的第一辆车就是广州标致。到现在我换了6辆车，感情最深的车还是广州标致，那车材料太好了。至今，我还将它停在工业园中，有时心血来潮开上一次，坐在车上闻着那熟悉的气息，又让我回到了20世纪80年代。"

现在，在广州某个院落里，仍能看见广州标致斑驳的身影。

广州标致为广州人的汽车梦写上了浓墨重彩的一笔，在广汽的成长史上立起了一块里程碑。

广州标志走了，广州本田来了。

1996年4月，广州市政府做出了调整轿车项目的发展战略，广州汽车集团有限公司正式成立。

广州汽车集团有限公司将骏达汽车集团、羊城汽车公司、广州客车集团、安迅投资公司全部纳入旗下，统一管理，以集团之力扛起了广州汽车产业的大旗，走出了一条"小投入、快产出、滚动发展、技术与世界同步"的成功之路。

广汽本田的成立，开创了广州汽车工业发展的新纪元。

当时的广汽本田，有多个"第一"让业界震惊：和世界同步的高起点起步，引进最新车型；在国内首推四位一体（4S店）的销售模式；广汽本田增城工厂是国内首家实现零排放的汽车企业；率先成立第一家由合资企业投资，以独立法人模式运作的汽车研发机构。

中国汽车工业在这段时间也步入高速发展的黄金年代，而广汽更是实现了业界瞩目的"广汽速度"，先后与丰田、日野、菲亚特、克莱斯勒、三菱等厂家合作，在中国汽车产业布局中扮演着越来越重要的角色。

广汽在一路顺风发展中，并未得意忘形，深知自己的使命，要想企业在未来获得长远发展，必须要走自主之路。也就是说，一个厂家如果没有自主品牌，再辉煌，也是树上的叶、枝头上的花，是经不起风暴的；只有有了自主品牌，大树才算有了干，狂风再摇，暴雨再打，也能巍然屹立。

2005年底，广汽集团召开战略研讨会，共商自主研发和自主品牌大事。

2006年，广汽集团成立了汽车工程研究院，承担着构建先进的乘用车车型平台，开发具有市场竞争力的自主品牌整车系列产品的重任。

2010年，承载着广汽人自主之梦的"传祺"汽车下线，成为广汽集团的首款自主车型。

广汽传祺自诞生以来，紧跟时代，不断丰富着新的车型，用媲美中外合资品牌的技术与品质在市场中走俏，成功跻身于行业主流车前列。

广汽有了自主品牌，梦想不但照进现实，也照亮了前面的路，尤其近些年的中外合资，让它站得更高，看得更远，这才能朝着更高的目标疾驰而去。

截至2020年，广汽拥有员工约11万人，带动上、下游企业约80万人；位列世界500强企业第206名，中国500强企业第54名；向社会提供了约1 900万辆汽车，1 800万辆摩托车。

2020年联营、合营收入人民币3 551亿元。

三 智造，广汽在行动

从第一辆铁木制造的"华南牌"，到如今的自主品牌广汽传祺，广汽集团已经走过了六十多年。六十多个春秋，对一个人来说，已经到了日暮黄昏；对一家企业来说，却正值当年。六十多年来，广汽一路走来，朴素过、辉煌过、失败过、荣耀过……所有的经历都是历练，所有的经历都是经验，正因为如此，察细微于毫发，品山雨于楼头，尤其面对着"新四化"——电动化、智能化、网联化、共享化的发展趋势，身处改革前沿阵地的广汽，早就做好了应对的布局。

布局新能源

随着全球石油资源越来越枯竭，环保越来越被放在桌面上，尤其习近平主席提出"绿水青山就是金山银山"的伟大指示，广汽集团积极响应，共投资49亿元，在广州番禺建造广汽智能生态产业园，用于研究新能源技术。几年来，它在锂电池、钜浪动力、石墨烯科技、氢能源电池等领域都有所突破，同时研发新能源汽车。

新能源汽车，作为汽车企业来说，早已不是单纯造车那么简单了，要和互联网、科技公司等全方位合作，才能达到一个双赢的局面。

出行面向未来，是每一家车企都要面对的长远战略，而要在"新四化"中站稳脚跟，就要做到先行布局。

近年来，广汽集团在新能源汽车领域的布局和投入，战略转型初见成效。

据资料介绍，2019年，广汽集团全集团累计销售新能源乘用车5.69万辆，同比增长135.9%；其中，自主品牌广汽新能源全年销量为4.22万辆，同比增长110.6%。广汽新能源2019年推出了AION S和AION LX两款全新智能纯电动明星车型，其中AION S上市以来销量逐月攀升，月销已突破8 000辆。AION LX在国内实现"三个第一"：第一个批量交付L3级自动驾驶，第一个NEDC（新标欧洲循环测试）续航超650千米，第一个SUV3.9秒每百千米极致加速，是中国最高科技的豪华新能源汽车。

2020年，一场突发的疫情影响了全世界。受疫情影响，整个汽车行业销量都遭遇两位数的下滑，但广汽的新能源销量却取得逆势增长。4月份，广汽集团新能源车销量为5 281辆，同比增长55%；1—4月新能源车销量约1.59万辆，同比增长85%。其中，广汽新能源4月销量为4 006辆，同比增长125%，环比增长14%；1—4月销量为1.19万辆，同比、环比增长均超94%。

2021年3月29日，广汽埃安又走出重要一步：

在杭州运河文化举办了"AION Y YES! 都市潮玩智能纯电动SUV预售发布会"，推出AION Y畅享版、智领版、悦享科技版等五款车型，覆盖了410千米、500千米、600千米三种续航里程全电动新能源汽车……这是专为年轻人打造的新能源智能汽车。

广汽埃安这次推出的AION Y，突出了三大亮点：一是针对年轻人个性化的外观设计，二是车内舒适的超大空间装置，三是广汽埃安解决了三元锂电池的安全问题，推出的弹匣电池，成为新能源汽车的最大亮点。

进入21世纪，随着传统燃料的枯竭以及污染等问题日益严峻，新能源汽车被摆在了桌面上，更有国家利好政策——实行绿色车补，各大车企都在抢夺这一块最大的蛋糕。经过一番艰苦的奋斗，一款款新能源汽车被研制出来了，纯电动汽车、混合动力汽车、燃料电池电动汽车、氢发动机汽车、太阳能汽车等，甚至，很多都达到了量产。

2017年，广汽投资62亿元，广汽埃安应运而生。

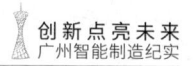

埃安，就是新能源汽车的意思。

广汽埃安从2018年上市6 000辆，到如今市场占有率已超过6万辆新能源汽车，始终保持着正增长……但是，相对于我国现在市场纯电动汽车占有量的400万辆，6万辆还是略显单薄。但是，当你在网上查到中国有新能源车企200多家，甚至，你让一个建厂才3年的车企和2003年就推出电动车的比亚迪比，就有失公道了。

新能源汽车，就是使用新能源的汽车，技术瓶颈也是新能源问题。

可以说，谁解决了新能源问题，谁就是新能源汽车领域里的一匹黑马。以目前看，各大车企经过各种试验，新能源汽车的新能源大多聚堆在磷酸铁锂电池和三元锂电池的应用上。

磷酸铁锂电池成本低、密度小、安全性高，但续航时间短；三元锂电池能量密度高、续航里程长，但安全性差。

据统计，2020年我国报道的汽车自燃事故共有61起，大部分原因都是由电池导致的，其中纯电动汽车就达到51辆，占比84%。

2019年，比亚迪曾公布了刀片电池的针刺试验，得到了不错的结果，但需要说明的是，比亚迪针刺试验的对象是磷酸铁锂电池，并不是三元锂电池。

广汽埃安出品的AION Y，使用的是三元锂电池的再加工创造产品，简称弹匣电池。弹匣电池首次实现了三元锂电池整包针刺不起火，重新定义了三元锂电池的安全标准。

所谓针刺试验，被业界称为电池试验的喜马拉雅，是目前最高标准的安全检测。

AION Y是全球首款搭载弹匣电池技术的车型。

据广汽介绍，弹匣电池由广汽研究院、广汽研究院硅谷研发中心、世界顶级电芯专家领衔开发，超过600人组成的顶级研发团队倾力打造，团队中博士就超过了60位。

广汽从动力电池过流保护、电池热抑制方法、电池热失控监控及预警等方面进行研究开发，形成了国际领先的专利群，包含了80多项专利，发明占比超过了70%，为新能源汽车产业健康可持续发展提供了解决方案。

以目前来看，广汽埃安研究生产的三元锂弹匣电池，体现了三元锂电池的最高水平，至于以后，就难以预料了。

科技成果，就是时时都可能被超越，不是自己超越自己，就是别人来超越你。

至于AION Y的续航里程——从410千米到600千米，广汽埃安总经理古惠南解释："现在，各大品牌车都在推出500千米新能源车型，说明500千米左右基本上满足了大多数人的心理需求和实际需求。"

事实上也是如此。想象中，谁都希望汽车续航里程越长越好，但是需要技术。以目前看，国家正在提高各个加油站充电桩的数量，甚至，经过新一代的技术进步，现在电池充电的时间也都大大缩短，这些才是对续航问题最大的保证。

广汽埃安解决了新能源汽车的"根本（电池问题）"，AION Y在设计上，也体现了全新的理念。

对于年轻人来说，这是一个"颜值即正义"的时代，"颜值"是年轻人的共同追求，可变的颜值才最能彰显个性。

广汽埃安推出的AION Y这几款车的设计，正是基于年轻人的需求，他们采取了超次元的设计理念，将设计理念和自然达到巧妙的融合。站在车前，让人仿若来到了天空之城，和谐的色彩，和大自然达到了统一或同一。无论清凉的晨昏还是烈日炎炎，隐含在大自然中的"天空之城"，总是那样让人魂牵梦萦，有一种回家了的感觉。

同时，AION Y在超前设计中，更让每一台车都突出个性化装置，虽然量产，但每台车的前唇、行李架、轮眉等多种饰件都可自由挑选……埃安通过这些变化，让每款车都成了限量版，个性化十足。

广汽埃安围绕"年轻多元"主题，提供了两种基本配色，以及一种不同风格的个性色彩搭配，满足年轻人的个性化需求，包括了清新的马卡龙、深色内饰的头号玩家以及浅色内饰的确幸时光。

AION Y还拥有超大的套内面积。

AION Y以2 850的越级轴距，打造出S级的车内空间。近90度的大开门角度，使AION Y的后排过道犹如走廊一样宽敞。如果将前排座椅全平放倒，AION Y可秒变1.8米的双人大床。

一辆车，就是一种生活方式的延伸。

AION Y车内配备有14.6英寸（1英寸为1英尺的1/12，1英尺合0.304 8米）的大屏，同时还有Tony Bongiovi大师调音音响……如此，你将AION Y当成私密影院也行，随时包场VIP（贵宾）影厅看大片。

AION Y给年轻人带来的不仅仅是一辆车，更是年轻人的练歌房、健身房、化妆间，随时享受轰趴（家庭聚会）房车带来的生活乐趣。

智能科技自是不能少。

AION Y配备了无感蓝牙钥匙功能，手机就能开关车门。

同时，车内还配有情绪自主识别功能，不仅可以识别用户的表情与声音，自动推荐情绪歌单或是进行疲劳监测等，还能识别用户的需要，如抽烟自动开窗，手势调节空调等功能。

为了满足年轻人的潮玩需求，AION Y还搭载了全球首创的5G抖拍功能，通过DMS（汽车经销商管理系统）、OMS（订单管理系统）、超高清智能外拍DVR（硬盘录像机）三大智能摄像头，语言即可控件抖拍，边开车边拍摄新鲜事物，甚至可以5G光速秒传，分享快乐不用等……

广汽埃安AION Y，在新能源汽车上，已经迈出了关键的一步，尤其三元锂弹匣电池的研制成功，是2021年春天新能源汽车卷起的最大一股旋风。

布局智能网联

在智能网联技术方面，广汽集团围绕"互联、协同、控制、服务"四大维度与合作伙伴共同打造智能网联汽车大生态，创造出行服务价值。

早在2016年，广汽研究院就专门成立了智能网联技术研发中心，进一步加大在该领域的资金及人员投入，大力推进智能网联领域的对外开放合作，不断加快智能网联技术研究及创新成果产业化应用。同时，更将研发扩展到全世界，成立了广汽硅谷研发中心、广汽洛杉矶研究中心、广汽底特律研发中心、广汽上海前瞻设计院等。

2019年7月，广汽集团正式发布ADiGO（智驾互联）生态系统，该生态系统包含了ADiGO自动驾驶系统、ADiGO智能物联系统，未来还将陆续推出ADiGO云平台、ADiGO大数据平台等子系统；是一个由广汽主导，腾讯、华为等多个战略合作伙伴支持，自主研发的，集智能工厂生态、自动驾驶系统、物联系统于一身的智驾互联生态系统。作为广汽集团在5G时代先人一步的科技落地成果，ADiGO智能物联系统融合了大数据、人工智能等世界级前沿技术，系统基于用户驾驶行为和使用场景，重新定义了信息框架，让交互更具前瞻性，让驾驶更安全。ADiGO智能物联系统将搭载FACEID、ADiGOE-plan、ADiGOPilot增强现实仪表、ADiGOSpace智能沉浸剧场、智能AI伙伴、ADiGOWorld生态养成游戏等核心功能。

随着5G技术的日益成熟和商业化运用，广汽集团将基于5G通信打造V2X智慧车联网，同时，打造面向智慧城市的智慧出行服务体系，计划用10年时间，建成番禺智慧生态园。

2019年11月，由广汽集团牵头，联合小马智行、科大讯飞、南方电动、广州市智能网联汽车示范区运营中心等发起人共同出资成立建设的广东省智能网联汽车创新中心正式成立，将围绕"1+3"模式（一个平台、三大延伸功能），打造开放的创新平台，支撑产业良性发展，形成智联协同新模式，助力大湾区建设发展。

布局无人驾驶技术

广汽集团将自身定位为人类美好移动生活的价值创造者，深入研究未来的汽动生活的各种可能性。一直以来，广汽集团坚持自主研发，逐步实现在无人驾驶领域的不断突破：

——早在2013年，广汽集团就开发了首款具备自主知识产权的无人驾驶汽车，并掌握了多项无人驾驶技术；

——2016年初，广汽集团获得代表世界顶级智能汽车水平的科研联盟MTC（美国移动交通中心）组织认可，成为国内车企中仅有的两家组织成员之一；

——2017年11月，广汽无人驾驶汽车WITSTARII在"中国智能车未来挑战赛"中获总成绩第二名，与西安交通大学联合研发的"发现号"获得第一名；

——2018年4月，广汽集团获得重庆市首批自动驾驶测试车辆牌照；

——2020年，广汽自主研发的L3级自动驾驶汽车开始量产；

——2025年，完全自动驾驶技术将实现。

布局智能制造

科技革命和产业变革催生了以智能制造为核心的工业4.0，并且将从产品、技术、生产制造及产业生态等层面给汽车业带来巨大改变，最终实现从中国制造到中国创造的转型升级。广汽集团努力抓住这一转型升级的机遇，近年来在智能制造方面也加大投入步伐，多个重要项目启动建设，引领汽车行业智造热潮，实现了企业的良性发展以及企业竞争力的有效提升。

2017年动工建设的广汽智联新能源汽车产业园，首期工程已于2018年12月底竣工。

根据国家发布的智能工厂成熟度5级评估体系，广汽新能源智能生态工厂在建成时已直接达到3级水平，部分达到4级水平，计划在2025年前达到5级水平。它具备多项全球领先功能：钢铝车身柔性工厂，为用户提供更优质、更安全的轻量化车身；数字化自主决策工厂，运用全球数据云平台进行生产过程分析决策，大幅提升生产效率和品质控制能力；深度互动式定制工厂，让用户深度参与汽车设计制造，享受个性化体验，目前最多可有6万种定制组合；能源综合利用生态工厂，与生态环境和谐共生，实现可持续发展。

2020年6月竣工的广汽传祺宜昌工厂，则是传统汽车智能制造的典范。整个智能制造车间，看不到一个人，全部由机器人制造。宜昌分厂将"工业4.0"理念与广汽生产方式（GPS3.0）落到实处，铸就了"智能制造"的新高度；聚合世界领先水平工艺和设备，实现生产自动化、信息数字化、管理智能化、智造生态化有机融合，并以质量和效能为中心，提升生产要素效率，其单线生产节拍可达52秒，处于行业领先水平。

2019年12月，广汽南方（韶关）智能网联新能源汽车试验检测中心正式动工。项目的定位是具前瞻性的，世界领先水平的，开放型、综合性的，中国首个兼容传统汽车和新能源智能网联及无人驾驶测试汽车试验中心。该中心将是中国首个以新能源智能网联汽车与无人驾驶测试为特色的大型汽车试验场及公共服务平台。首期项目预计2023年竣工验收并投入运营，第二期项目2025年竣工验收。

广东人说，先知一日，享福十年。广汽的一系列布局，目的无非是让自己在这场"新四化"的科技革命中，立于不败之地。

广汽智能概念车

1. 摩卡（MOCA）

从广汽制造到广汽智造，有很长的路要走。

从技术革新到科技革命，无时不在影响着人们的生活。现在，智能制造不断带来新的手段、新的技巧，而人们多元化的消费偏好，倒逼车企们不断创新，同时，网联技术、智能驾驶更带来全新的用车场景。

用户需求已不再是单一的移动，新的出行空间和体验才是他们的渴望，尤其是青年们的渴望。

智能制造是在给未来造车，未来是属于青年人的。

广汽智能智造正是基于这一点，在汽车设计上，设计先锋，设计前沿，

更设计未来。

我们试以2020年广州国际车展为例，看看广汽集团推出的最新概念车——智能移动空间"摩卡MOCA"。

摩卡MOCA是Modular Car（模块化汽车）的缩写，也可翻译成智能移动空间。

广汽集团设计团队打破了传统造车模式，把车辆一分为二，在设计上，采用了1+1设计方法，也就是打造1+1软硬件平台。

一部分是硬件平台，也就是传统的造车，根据未来观念，删繁就简，仅集成封装悬架结构、线控转向、电机电控、碰撞结构、基础座舱框架等车辆系统框架，模块化的系统布局以最低成本为用户提供最有效的使用空间。

另一部分是为用户建立人车新关系的软件平台，它是摩卡MOCA的"操作系统"，不仅具备未来数字化座舱内必备的基础功能，比如身份识别、出行规划、智能助手等功能，基于广汽ADiGO车载操作系统提供软硬件设施。

得益于"1+1"平台，用户可以从三个维度体验摩卡MOCA。

首先，用户可以线上选购、下单心仪的装饰模块，线下获得自己定制的汽车硬件，打造独一无二的专属出行空间。摩卡MOCA就像一台电脑主机，提供计算机最核心的处理系统，用户可以自由选择独显、演示器、鼠标、键盘、应用程序等软硬件个性化配置。

其次，得益于硬件预埋和软件应用，用户可以随出行场景定义空间功能。想看电影就把摩卡MOCA变成家庭影院；朋友相约打游戏，它就是你的游戏厅；甚至可以适用商业场景，变成快闪咖啡厅、移动酒吧、创意集市。

另外，摩卡MOCA作为"商业平台"，就像App Store一样，几乎任何公司都可以在此进行模块开发，广汽集团不仅会不断开发新的硬件设施，开拓新使用场景，还会邀请伙伴一同联名，用户可以第一时间享受最新、最潮的时尚汽车模块。

传统汽车外观变化丰富，但内饰较为单一。广汽设计团队认为汽车的发展很可能像智能手机一样，为了更好的空间内容体验，外形逐步趋同。

所以摩卡MOCA外造型设计突破传统汽车的标准，偏向纯粹的科技产品。钛光灰的外造型充满未来感、科技感和趣味，摒弃一切多余的线条，奉行大道至简，通过几个切面勾勒出车辆的"极简曲线构面"，形成车辆的基本造型。

极简不代表单调、没个性。

横置O型"环形屏"有温和的面光源，让车看起来更亲切可爱，同时，和环内T型区域组成"OT"符号，寓意"ON TIME"，形成高集成度的自动驾驶辅助模块；不仅囊括电子牌照、照明系统、雷达、摄像头等功能，还预留了空间增加功能。

"环形屏"在刹车、转向等车的不同状态有明显标识，更有鲜艳明快的色彩，提供多层次、清晰的信息。

最重要的是，它还是用户的展示窗，自定义的色彩和图样，展示个性、态度，建立人机交互新模式。

环抱车一圈的LED（发光二极管）点阵灯带像一个呼啦圈，亲切地和人交流，实时跟随用户。

打开对开式滑移门，用户将步入一个家居氛围浓厚的车载空间。

内造型框架平坦通透，最大限度扩大车舱空间，特别是底盘部分，摩卡MOCA选用四轮转向以减少轮包空间，更平整、无遮挡的地板以扩大舱内空间，内部无门槛，上车更轻松。

在重要的座椅位置，摩卡MOCA提供公用的接口模块，集成前后滑移、升降等功能。舱内各处都有可替换、选择的模块，比如控制台模块、储物模块、室内照明模块等。门板上也有可自定义的接口，可以安装自己喜欢的扶手、地图袋等。

软件平台基于广汽ADiGO车载操作系统提供软硬件设施，用户可以自定义车内零部件。

目前，广汽设计团队为大家提供了一个"样板间"，可满足一家四口的出行需求。

摩卡MOCA为无法抗拒"黑科技"的爸爸提供了一方兴趣小天地，浮雕纹理的小牛皮材质配合轻快的金属铝材装饰，让座椅的科技感十足，富有更现代化的触感。

森女系的妈妈恰恰相反，她更热爱大自然。妈妈的座椅采用了环保舒适的半植鞣皮革，飞针织物使座椅浑然一体，包覆性强，像一个温暖的怀抱抱住妈妈，将自然手工的感觉带回家，契合妈妈简单、安静、慢节奏的生活。

不按常理出牌的大女儿梦想着拥有一个游乐园，内心细腻的小儿子则希望自己建造游乐园，摩卡MOCA把游乐园带进了车里，后排就是一个迷你版的"儿童乐园"，果冻质感的头枕可爱有趣，沙发则五彩斑斓，像一幅抽象涂鸦画让孩子们尽情撒野。值得一提的是安全座椅的安全带卡扣，三块拼图的造型充满童趣。

另外，环绕车内部的一条呼啦圈带和外圈交相呼应，完美融合，这种由内而外的设计理念和纯电动硬顶敞篷概念跑车影动ENPULSE一脉相承。和外圈不一样的是，内呼啦圈是一层织物包裹的互动显示屏，当用户不需要智能体验的时候，它看起来和普通织物并无不同；当用户唤起智能系统，屏幕才亮起，充分体现"温暖的科技感"，让用户面对的不是冷冰冰的科技面板，而是更沉浸式的家居氛围。

摩卡MOCA搭载ADiGO智能物联系统，通过这个系统，摩卡MOCA的智能模块可以连接所有常见的智能硬件，形成万物互联的生态系统，为用户带来不打扰的个性化体验。

当车主接近摩卡MOCA，ADiGO智能物联系统能快速建立智能设备与摩卡MOCA之间的数据连接，无须额外操作。车主可以根据自己的喜好定制"MOCA"在车内的各种IP（智能外设）风格及车内的功能，甚至利用随身携带的智能硬件充当车内的信息互动设备。

例如通过方向盘中间的连接板块，车主可以连接手机操控车内所有控件，在手机上查看仪表盘上所有信息，开启导航，顺便在去往目的地的路上享受一段轻松的音乐，让旅途更加舒适，让车主随时随地、随心所欲地享受智能化带来的方便快捷。

当然，除了智能化，摩卡MOCA还给车主带来不打扰的个性化体验。摩卡MOCA连接了车主的随身智能硬件数据和车载硬件数据，最大限度地通过已有的数据设置了解车主喜好，为车主提供个性化服务。比如车主是一位爱好科技的极客，手机界面一直选择更有科技感的蓝色，摩卡MOCA也会提供蓝色背景的灯光和界面背景。但同时，摩卡MOCA不会随便揣测车主的心意，不会不断问车主"你是否喜欢"，只会严格执行车主的喜好，让个性化有边界、有温度。

摩卡MOCA，用模块化、个性化、智能化、场景化，重新定义汽车，广汽用科技和设计让用户抢先一步体验未来。

2. 影动ENPULSE

2020年9月26日，北京国际车展·广汽集团新闻发布会上，整合全球设计资源创造的纯电动硬顶敞篷跑车——影动ENPULSE震撼发布。

得益于电力驱动提升车的加速性能，广汽握住了用技术变革开拓探索未来的新机会，为影动ENPULSE赋予了澎湃的电能动力。影动ENPULSE兼具全球顶级控风硬实力和跑车侵略感极强的动感姿态，车身采用新型"电致发光"涂料，尽显电气感。不仅如此，它还创造性地引入AR-HUD技术开启"竞速模式"，为用户带来驾驶跑车如置身游戏般的体验感。通过技术突破与设计创新，广汽为用户带来真正属于新能源时代、自主设计新时代的全新体验。

广汽设计从建筑和艺术中汲取了灵感，创造出"矢量动能"造型语言，赋予影动ENPULSE让人一见钟情的颜值。整车低趴蓄势，姿态微微前倾，像只猛兽稳稳抓住地面，"刃影折线"彰显强烈的动感和张力。

它也继承了全球最低风阻的ENO.146的控风能力，"劈风前脸"镶嵌"流光弧大灯"，简洁有力，更能强力地推开空气。"冲击岩车尾"赋予影动ENPULSE宽肩阔腰的背面，两侧金属色感的外壳包裹黑色骨骼式的凹槽，中间是流水般的脉冲灯带穿过，凸显跑车的性感与能量。

前保险杠在车达到一定速度时提供下压力，与主动展开的后扰流板协同工作，使得汽车在任何速度下都能保持平衡。受F1赛车设计启发，影动ENPULSE采用了独有的倒"L"形后视镜，使空气无阻碍流动至车尾。数字显示屏取代传统的镜片，驾驶者拥有毫无死角、实时车况的驾驶体验。影动

ENPULSE车身采用了"电致发光"涂料，这种涂料通过电压产生电场，激发电子碰击发光中心，引起电子能级跃迁发射出高效率冷光，尽显电气感。"电致发光"涂料在车上拓印出"冲"字，当灯火暗淡，荧光如同洪流席卷而来，形成独特的"影动"效果，用新科技为跑车梦升级惊喜，凸显跑车的天生桀骜。

不同于典型的使用腰线分割内外饰，影动ENPULSE通过驾驶者和乘客的连接完整了内外饰设计，让其一体化，打破设计边界，构建和谐之美。影动ENPULSE作为一款跑车，突出了驾驶的效率以及驾驶的专注性，内饰的设计围绕车主展开，环绕式UI（用户界面）、环抱氛围灯等控件有序布局，让你全面掌控，享受操纵的极致乐趣。IP巧妙向前倾斜，由左右两侧展示重要信息，中控的设计更是达到无须用眼仔细看，余光稍微扫过就能一键到位的效果。方向盘中央也有两块屏幕，集成更多功能。

当你按下启动键，车子被激活，一连串的灯光从车身依次流动，连接了完整的内外饰，这种无边际的设计感不仅让跑车自由、野性的美喷涌而出，更体现了人车合一的理念。

内饰的颜色更抢眼，活力充沛的"旭日黄色"搭配"弹性粉色"创造迥异、大胆的氛围，展现充沛的能量，具有立于潮流最前端的感染力。

为了提高这个"电动尤物"的可玩性，车内增加竞速模式，运用最新大尺寸AR-HUD技术创造性地营造了驾驶跑车如置身游戏的体验感，在实际路面上覆盖虚拟地图，不仅可以在前挡风玻璃上查看"时速、排名、地图"等信息，还可以搜索附近进入竞速模式的车主，邀请对方来一场跑车竞赛。

广汽设计团队已经建立全球化工作模式，以确保设计新鲜度和领先性，影动ENPULSE的设计就来自洛杉矶前瞻设计中心。在没有汽车之前，远方是非分之想；电动车出现之前，"平民跑车"是非分之想；在新的技术创新的加持下，没有"非分之想"，只有"来吧，上车"。影动ENPULSE将电动时代跑车的激情浪漫带给每一个人，让人们的跑车梦不再遥远。

通向未来的1615战略

"十三五"期间,广汽集团坚持"一个中心,两个不动摇,三个转变"发展主线,推动企业规模、综合实力、发展质量实现全面跨越式发展,形成全产业链布局。广汽集团"十三五"主要经济指标均完成,利润、利税等多项目标均提前完成。广汽集团汽车年产销量突破200万辆,年均复合增长率达到9.5%,优于行业约10个百分点;年营收总额突破3 600亿元,平均利税总额预计超526亿元,超计划目标完成;市场占有率约8.8%,超出计划目标1个百分点。

广汽集团成立23年来,从"十五"规划到"十三五"规划,实现收入规模每五年翻一番。面对汽车行业发展新趋势、新挑战,广汽充分思考,发布"十四五"规划"1615"战略,具体如下:

完成1个目标。"十四五"临收官时,挑战汽车产销量达350万辆,全集团实现汇总营业收入超6 000亿元,利税总额超660亿元,年复合增长率超10%,市场占有率超12%;新能源汽车产品占整车产销规模超20%,成为行业先进的移动出行服务商。

夯实6大板块。做强做实研发、整车、零部件、商贸服务、金融服务和出行服务6大板块。

突出1个重点。全面提升自主创新能力,实现集团高质量发展。

实现5大提升。全面实现电气化、智联化、数字化、共享化、国际化5大方面的提升。

"十四五"期间,广汽集团将围绕"新四化"方向,通过自主创新和开放合作,打造实现智能网联和新能源核心技术"两个"领先的强大自主研发核心体系,2022年自主品牌全面实现电气化,2023年L3大批量应用,2024年推出全新电子电器架构量产L4,2025年实现特定场景下L4智能驾驶商业运营。通过做实业务数字化、产品数字化和数字化创新,打造全价值链的数字化智能运营体系。聚焦构建极致出行服务生态,打造粤港澳大湾区领先的出行服务平台。加快推进重点市场国际化布局,提升国际竞争力和品牌影响力。

广汽集团坚持自主创新和合资合作"双核"驱动发展战略，对整车板块采取"两优两专一稳一突破"的发展策略。"两优"是持续推进与本田、丰田公司的合作广度与深度，做大做优广汽本田、广汽丰田，打造国内一流的标杆合资企业；"两专"是充分发挥JEEP、三菱世界级专业SUV的技术优势和品牌影响力，将广汽菲克、广汽三菱打造成为国内汽车市场有鲜明特色的专业品牌；"一稳"是把握行业发展大势，对广汽传祺采取稳中求进的策略，聚焦混动化技术方向打造差异化新优势，持续推进品牌向上发展；"一突破"是专注极致用户体验和服务，在智能网联新能源汽车领域持续发力、加快突破，争取广汽新能源销量进入行业前三。

面向2035年的远景目标，广汽集团要努力成为客户信赖、员工幸福、社会期待，产销超500万辆、营收超1万亿，具有全球竞争力的世界一流企业，为人类美好移动生活持续创造价值。

| 第五章 |

现代生活的品质

优质是永远的核心。

优质是永远的正确。

企业成功,有很多因素,但出品精良,是最根本的。舍此,一切都会是空中楼阁,即便暂时炫目迷人,终究会被识破,被抛弃。

中国制造业兴盛的这些年,某些企业用各种手段拼市场占有率,虽然也有暂时得势的时候,但因为质量跟不上,很快就成竹篮打水一场空的例证很多。客户有时会因被广告忽悠而暂时上当,但时间却是最冷静、最严格的检验大师,最善于淘尽黄沙,让金子闪光。

经得起时间检验者,成为百年老店、千年名牌;反之,则被淘汰,烟消云散,连成为历史记忆的机会都不多。

但凡成功的名牌名企,无一例外都会将优质出品视为立业之本。因为从实质上说,质量,承载的既是从业者的价值观与良心,更是从业者自己的未来。

铸造国之重器如此!

创造天籁之音亦如此!

一　洪水浸过的钢琴

1998年，长江流域发生了特大洪水，长江下游南京站最高水位超出警戒线9.8米。汹涌的洪水浸盖了农田，冲毁了道路，淹没了村庄……目之所及，白茫茫一片。

在水灾的波及之下的南京爱乐琴行的整座乐器展厅，全部被泡进了水里。大水过去一个多月后，琴行老板王勤力走进琴行，面对满屋污泥浊水、堆积在污泥中各种被泡得变形毁坏的乐器，欲哭无泪。几百万元的乐器变成一屋垃圾，这是王勤力必须接受的残酷事实。

王勤力请人清理时，突然传出的一声琴声引起了他的注意。

四个工人在抬一台积满了污泥的钢琴时碰到琴键，钢琴似乎被惊醒了，发出清亮的声音。

事后，王勤力说，当他听到那声琴声时都惊呆了，琴行已被大水泡了近50天，钢琴一直浸在水里，怎么还能响呢？

王勤力让工人放下琴，走过去，弹了几下，非但键键有声，还依然那么悦耳。

激动之下，王勤力拉过一张沾满污泥变形的椅子，坐在同样污迹斑斑的钢琴旁，弹起了钢琴。

王勤力毕业于沈阳音乐学院，原在国家乐团工作，后来乐团效益不佳，这才退出办了这家爱乐琴行，卖琴也教琴，以此维持生活。

一场大水，将他的琴行毁于一旦，他原本想找人将这些泡得变形变烂的乐器当成垃圾处理，没想到，这台钢琴却固执地不想退出舞台，用声音在呼

唤着它的主人。

王勤力触景生情，坐在泥泞的琴旁，弹奏了一曲贝多芬的《命运》。

富有冲击力的乐音，在污泥浊水中响起，似乎正冲撞着黑暗、晦败，张扬了一种绝不回头的气势，让人热血沸腾……

命运是钢琴的命运，也是琴行的命运，更是王勤力的命运，正如贝多芬所说："我要扼住命运的咽喉，它绝不能使我屈服。"

王勤力说，这台被洪水泡了近50天声音仍然完好的钢琴，给了他勇气，让他重拾了创业的信心。

大水过后不久，一家崭新的爱乐琴行又在南京开起，而那台给了王勤力信心和勇气的钢琴则摆在琴行最显眼的位置，被罩上一个巨大的玻璃罩，成为那场大水的记忆，成为这台钢琴质量值得依赖的诠释。

这台钢琴是一台珠江牌钢琴，产自广州。

二 质量追求从"肖邦"开始

钢琴是西洋乐器,自18世纪被意大利人巴托罗密欧·克里斯多佛利在以前的弹拨乐器基础上改造发明出来,便以其音域最宽、声音最广受到人们的欢迎。后来,随着巴赫、莫扎特、勃拉姆斯、李斯特这些音乐大师投入到钢琴怀抱,一场由钢琴引起的音乐风暴在欧洲大地卷起,在欧洲很多街巷都能听到钢琴声。

钢琴进入我国的时间,距今也不短了。

清乾隆十二年(1747)官修、纪昀校订的《续文献通考》记载:"明万历二十八年(1600),西洋人利玛窦来献其音乐。其琴纵三尺,横五尺,藏棱中弦七十二,以金银或链铁为之。弦各有术,端通于外,鼓其端而自应。"

这台琴比意大利人巴尔托洛奥·克里斯托弗里发明的钢琴要早一百年,虽然不是后来所说的那种钢琴,但声音基本是一样的,只不过演奏方法不同。作为敲击乐,这台西琴被视为钢琴进入我国的开端。

清朝时,康熙皇帝不仅对西方科技感兴趣,对钢琴尤其喜爱,他聘请了精通音乐的葡萄牙传教士徐日升来宫内为其教授或演奏拨弦古钢琴……据传,康熙帝会演奏古琴曲《普庵咒》,画师还以此为素材画成了"皇帝弹琴图"在宫内流传。

清朝中叶,钢琴在中国上层社会流行开来。一些传教士希望借钢琴打开中国的音乐大门,但是,钢琴这种多声乐思维和中国音乐的线性思维,在审美观念上却难以融合,西洋传教士的普及努力并不成功。令人始料未及的是，多年后，钢琴融入到了我国传统的戏曲中，如新中国成立后改革创新的"革命现代京剧"，里面不乏大段的钢琴演奏。

民国中期，钢琴在中国得以普及，当时提倡教学改革，"学堂乐歌"在学校教学中掀起一股潮流，钢琴伴着学子的歌声被插上翅膀，在古老的中国大地上扎下了根。此后，我国的一些大中专学校，相继开设了钢琴教学课，甚至还专门办了音乐学校，如"北京西什库音乐专科学校""北京艺专音乐科"等，在这些音乐殿堂中，钢琴课都占了一席之地。

随着钢琴在我国的传播，或本土或留学归来的钢琴大师不断出现，如萧友梅（1884—1940），广东香山（今广东中山）人，早年留学日本、德国，回国后应蔡元培之邀任北大音乐系主任，后来离职，在蔡元培支持下到上海创办国立音乐学院，为钢琴教学和演奏倾注了毕生精力。

这一时期一些好听的钢琴曲也在不断涌现，如赵元任创作的《和平进行曲》、萧友梅创作的《新霓裳羽衣舞》、青主的《大江东去》、黄自的《采莲谣》等。

1934年，贺绿汀创作的钢琴曲《牧童短笛》，标志着中国钢琴音乐进入了一个新的历史时期。

随着钢琴在中国的出现，钢琴制造也被提到了日程上来。1886年，英国人在上海开设了第一家谋得利琴行，当时需要一批技术较高的木工和油漆工。一个偶然的机会，在外轮上干木工活儿的宁波巧匠毛文正被英商发现，进入琴行，成为中国人修琴造琴的开拓者。

后来，随着到谋得利琴行干活儿的工匠越来越多，有些学到了工艺的工匠便另立门户，开展修琴业务；有些更尝试制造钢琴。不过，没有能闯出名头的制琴大师。

1950年，"北京新中国钢琴厂"制造出第一台立式钢琴，这是中国钢琴制造正式诞生的标志。

1956年，在广州市委、市政府的关怀下，荔湾区一家乐器厂挂牌成立，当时名叫"广州市珠江钢琴工业公司"（下称珠江钢琴厂），就是现在的珠江钢琴集团的前身。

珠江钢琴厂的第一台产品取名"肖邦",当时虽然技术力量薄弱,原材料严重匮乏,但制琴师傅们并没有放弃质量追求,而是怀着对音乐的朝拜之心,将近千件零部件配齐,经过精心打磨,终于生产出来在当时属于高水平的第一台钢琴。

这台钢琴运往香港美华琴行试销,很快被人买走。多年后,这台珠江钢琴又从买家手中被买回,收藏在珠江钢琴国家文化产业示范基地,成为历史的见证者。

1958年,珠江钢琴厂设计和启用图案化英文"Pearl River"(珠江)商标,珠江商标一直沿用至今。

截至1966年底,珠江钢琴厂通过不断提高产品产量和质量、降低生产成本、开拓市场,成为我国轻工系统四个定点大型钢琴生产基地(上海、北京、营口、广州)之一。

改革开放后,珠江钢琴从人事制度到薪酬制度,再到经营模式,全面实行改革,极大地激发了员工们的积极性,促使珠江牌钢琴的生产能力与质量又上了一个新台阶。

借着改革春风,珠江钢琴获得了自营出口权,决定征战国外市场。

谁知,首次出征便铩羽而归。

每年一届的德国法兰克福乐器展,是世界上著名的乐器展。珠江钢琴在法兰克福租了一个不足10平方米的展厅,信心满满地摆上了自己的展品。然而展会开幕后,展位却门可罗雀,参展人员顿时信心大受打击,只期望有人过来看琴便满足了。结果,自然没有拿到订单。

这次挫败,让珠江钢琴的领导意识到,要想跟"土生土长"的欧洲钢琴厂家竞争市场,还有很长的路要走,还有很多的工作要做。

承认有差距,接下来就是虚心求教了,珠江钢琴效法魏源的《海国图志》说的"师夷长技以制夷",决定引聘外脑提升技术。

很快,著名钢琴制造工艺专家科雷先生成了珠江钢琴的技术顾问,监管全部制造流程。此后十余年时间里,这位被称为"钢琴白求恩"的制琴大师逐步将核心钢琴制造技术输入,让钢琴的声学品质、弹奏性能等均有明显提高，还解决了当时钢琴在北方容易开裂、变形的顽固问题。因此，珠江牌钢琴得到了越来越多的认可，先后获得国家质量监督检验检疫总局颁发的"中国名牌产品""MMR（《音乐视角》杂志）年度最佳声学钢琴奖"等国内国际荣誉。

质量提升与品牌美誉度提高的结果，是市场的快速拓展。1987年，珠江钢琴年产量突破1万台大关，之后一直稳居全国第一，持续占有国内三成以上市场份额，钢琴出口量年年占全国钢琴出口总量的26%以上。珠江钢琴集团从全国钢琴行业"小四"跃升至"老大"的位置，成为中国钢琴产量、出口量最大的乐器制造企业。

但珠江钢琴并没有停止追求的脚步，为了让出品质量更上一层楼，又陆续邀请了托马、坎贝尔、穆勒等欧美顶级钢琴设计大师，并与多个国际高端乐器制造企业、大专院校和研究院进行技术合作，建立起了以自主创新为主、引入国外智力、产学研相结合"三位一体"的科技创新体系，形成了国内最具规模的钢琴技术研究开发中心，成为行业中具备从初始木材处理、材料分析、声学分析到钢琴总装全过程的研究、测试、试验、试制能力的企业。

无疑，科雷等外国专家的助力，对珠江钢琴的质量提升起到了决定性的作用。

但外脑不可能包打天下，作为年产值20多亿元的国家级高新技术企业，全方位人才集聚与培养，才是确保公司技术领先的王道。

珠江钢琴集团现有科研人员200多人，拥有钢琴制造方面的中高级技能人才近百人，拥有国家技能鉴定考评员近30人，综合技术力量在国内优势巨大。

在培养自主技能人才方面，珠江钢琴建立了一套完善的培训制度，采取名师带徒、外派进修、校企合作、以赛代训、轮岗换岗等多种方式，培养了一大批技艺精湛、经验丰富且具备良好职业操守的工匠型技术能手，保障了工匠阶层的稳定性。此外，对推动企业改革创新、推动企业科学进步的人才实行重奖。在评先进时，坚持"知识崇高、人才宝贵、劳动光荣"的树优原则,通过成立劳模创新工作室,创建"青年文明号""岗位能手"等优先活动,不断提升劳动技能比赛的技术含量和规模,引导职工提升技能及工作的积极性。目前,珠江钢琴10年以上工龄的生产技术工人占比超过60%,技能人才稳定指数在制造业中名列前茅。

正是因为拥有过硬的技术团队,珠江钢琴的造琴技术日臻完善,新品不断问世,而且每推出一个新品种,市场反应都很好。特别是填补了我国高档钢琴生产空白的珠江·恺撒堡钢琴,更是被业界誉为"钢琴的骄傲",受到众多钢琴演奏大师的夸赞。

在此基础上,党委书记、董事长李建宁亲自挂帅领导的"恺撒堡钢琴PR2.0弦槌"项目研发成功并获得专利,使珠江钢琴的出品质量又上了一个台阶。

弦槌,是钢琴的核心部件之一。高端弦槌研发生产技术始终被国外少数几家钢琴大企业垄断,是"卡脖子"技术。珠江钢琴要生产高端的恺撒堡钢琴,弦槌是要解决的关键技术之一。再好的琴弦,如果没有好的弦槌敲打,都发不出好声音。音高音低,或粗犷或柔和,有一点点不对,不仅砸了演奏家的场子,而且砸了自己的牌子。针对这个问题,党委书记、董事长李建宁组建专业研发"红色团队",从各个部门抽调党员骨干,进行恺撒堡钢琴PR2.0弦槌研发。

有书记亲自挂帅,技术团队信心百倍,针对"恺撒堡钢琴PR2.0弦槌"先后共设计了75个技术方案,对各种材料进行了1458次的试验,一次次的尝试,一次次的失败,每一次的失败都考验着他们,而他们却用坚定的理想信念一直坚持到了第1458次。

设计难度在于要对弦槌每一个部位的材料进行全面测试和与自主品牌钢琴的匹配程度进行考量,并在此基础上追求更高水准的音效。研发过程中,研发人员对不同的木材密度、硬度、弹性、机械加工性能进行了测试分析,最终根据恺撒堡钢琴的音色特点选取了一种材质优异的欧洲材种作为弦槌木芯材料。在进行了种类、规格的对比选择,纤维钩连强度、弹性以及对温度的反应测试分析后,选取了深紫色的弦槌芯毡和AA级别的白毡作为弦槌毛毡材料。

专属于立式钢琴的"PR2.0弦槌",其尾部设计却与三角钢琴弦槌的形状极其接近,该创意来源于集团党委书记、董事长李建宁。他从专业的角度出发提出改良建议,将弦槌重心后移,提高了弦槌击弦后的复位速度,提升了整体的弹奏性能。

珠江恺撒堡钢琴有了PR2.0弦槌后如虎添翼,在多次钢琴盲测会和人民大会堂举办的恺撒堡艺术家钢琴品鉴会上,中国著名钢琴家刘诗昆、鲍蕙荞、石叔诚、吴迎等都给予了它高度评价,认为其整体性能达到了欧洲名琴的水平。

为了更好地培育专业人才,珠江钢琴集团创建了全国首家钢琴制造专业学院——珠江钢琴学院,并与南京师范大学合办钢琴制造本科班,开设钢琴调律与乐器修造系,设置了钢琴设计、涂装工艺、钢琴调律等专业课程,为珠江钢琴源源不断地输送专业人才;同时珠江钢琴也是华南农业大学校外教学科研实习基地,企业为学校提供学生进修实践的良好环境。

珠江钢琴集团拥有研发试验场地达5 000平方米,拥有B&K声音频谱采集分析仪、震奏频率检测仪等大量达到国际先进水平的研发仪器设备,拥有音色试听厅、消音室、环境模拟试验室等多个行业领先的大型研发实验室。

此外,珠江钢琴还特别注重以赛事促进员工的技能水平的提升和人才使用,收到了良好的效果。比如2020年在湖北宜昌举行第三届全国钢琴调律职业技能大赛,珠江钢琴就组织员工全力以赴,最终大获全胜。

这是一场世界级水平的重大赛事,吸引了来自27个省(自治区、直辖市)的402人报名参加。经过9月初赛、10月复赛,14个赛区的205位选手获得复赛资格,最终有60位选手获得决赛资格。

在这次大赛中,珠江钢琴集团派出的选手包揽了冠、亚、季军,前十名揽获50%、前二十名揽获45%。获得冠、亚、季军的珠江钢琴集团选手蓝文兵、黄靖、苏家裕由此获得由人力资源和社会保障部授予的"全国技术能手"称号。

其中的冠军蓝文兵,是一位"90后"。作为珠江钢琴自主培养的人才,他已被任命为珠江·恺撒堡高档钢琴KA厂副厂长,成了担起保障高端钢琴生产质量重任的新生代珠江钢琴人。

三 引领"厨房革命"的欧派

家居条件的改善,是老百姓小康生活的重要组成部分。

房地产的兴盛,催生了家居厨卫行业这块巨大的蛋糕。因为介入门槛不高,争抢这块蛋糕的人蜂拥而至,奇招、怪招层出不穷,尽管市场很大,竞争却格外激烈。

激烈竞争之下,有人铩羽败走,有人割据称雄,更有人如滚雪球般发展。在时间的裁判下,弱的、小的,特别是不好的公司,纷纷在不断的行业洗牌中被吞并甚至淘汰,成为胜出企业与品牌的营养或背景。渐渐地,实力强劲的家居业巨头也便脱颖而出,甚至有体量超千亿的企业应运而生。

比如构筑起行业完善品类矩阵的国内家居产业龙头老大——欧派家居集团公司。

千亿巨头的诞生,既令人兴奋,更令人好奇:

他们的胜出,凭什么妙招儿?

产品质量高,这是必然的。问题是,这个行业,产品质量好并不是多了不起的事。很多同类企业的产品质量都很好,包括不少苟延残喘、苦苦求生的公司。

所以,除了出品外,肯定还有更厉害的招数。

欧派家居用走了27年的路回答了一直引领国内家居行业潮流的原因——点检广州的制造业界,会发现出品誉满全球、特色独步天下的企业不少,甚至有些很不起眼的小公司,都能拥有自主研发领先世界的产品。但是,在规模体量上,业界执牛耳、引领潮流的"巨无霸"却不多,尤其是民营企业,更是凤毛麟角。相关数据显示，广州市跻身中国500强的企业不到20家，比北京、上海、深圳甚至杭州都少，且多数是国企。

有专家总结说是因为广东人务实，大家都低调，乐意以特色取胜，闷声发财，无意追求规模扩张云云。乍一听好像是真的一样，其实是没根据的胡说。现在掌舵广州制造业界的大咖们来自五湖四海，跟广东人务实不务实没有多少关系；何况南粤地域上，制造业"巨无霸"多了去了——格力、美的、格兰仕，哪家都是引领潮流的龙头，它们天天都在往大的目标努力着，跟低调挨不上什么边。

广州的"巨无霸"龙头也有，只是数量不多，给人感觉和广州这座老资格的大都市不是很匹配。广药和广汽，是国内业界产销量数一数二的国企龙头，将目光转到民企找体量、规模独步天下的，我们的目光得落在一个经营家居厨卫的公司上。

2021年2月5日，中国证券市场上，这家公司股价最高升到170元，市值突破1 000亿大关，达到1 023亿新高。其老板姚良松个人持股4亿股，身家接近700亿！

欧派？

是的，欧派！

一个有点儿洋气的名字，好记。

很多不买家居产品的人，都知道这名字。

多年前，红透半边天的影星蒋雯丽给欧派做代言人，她站在一间开放式豪华厨房前对着客厅说了一句温馨撩人的话："有家有爱有欧派！"

广告播出后，倾倒无数看客。男人们记住了蒋雯丽的丰姿，女人们记住了蒋雯丽的优雅，男人女人共同记住的，是高档漂亮的厨卫装修和欧派的名字。

蒋雯丽广而告之之后，多少人心里都在说，这装修真漂亮，要是我们家能拥有该多好！

这应该是姚良松听起来最舒服的一句话了——

因为，姚良松今天的巨大成功，就跟与此相似的一句话有关。

从北京航空学院（今北京航空航天大学）毕业后，没有过硬社会关系的姚良松被分配到景德镇一个飞机制造厂的技校当老师，感受着清贫与失落。从名牌大学生到工资只有几十元的技校老师，确实落差有点儿大。心里活泛的姚良松不甘心安于现状，便和一个表叔合伙开餐馆。那是个只有十多平方米的小馆子，主营黄鳝煲仔饭。坚持了一年，非但没赚到钱，还亏了近两千元本钱，只好关门收档。

姚良松一个人担下了亏账，整天想着怎样赚钱还账的事。刚好镇上最大的一家国营饭店要承包给私人经营，姚良松心一横，成了这家大餐馆的承包人。结果呢，姚良松的负债从两千变成了近两万！

两万在那个时候，落到姚良松肩上，可真是天大的负担了。

为了还债，姚良松只好继续冒险，赌更大的一把。时近年关，他带人到香肠作坊匆匆学了几天，便以饭店的名义向当地百姓赊购了几十头猪来做香肠，计划过年时投放市场赚一把狠的。

谁料却是继续亏得狠！那几天阴雨绵绵，技术没学到家的姚良松指挥做出来的香肠在阴雨天里很快就发霉变质了，根本卖不了！

这下姚良松的债务，马上又增加了一万多，而且债主多数都是等着卖猪的钱过年的农户，人数不是一个两个，很难协调通融。每个小债主都认定，你那么大个饭店，欠着三百两百的收猪钱不还，明显是故意赖账，这在淳朴的农户们心目中，是最不可以原谅的。

没法子，姚良松只能破产，在那个雨雪夹杂的除夕前夜，离开创业梦想开始又破碎的景德镇，走上赚钱还债的征程。

从晋江到西安，又从西安到广州，姚良松的还债之路充满苦涩，但他始终坚韧不拔，初心不变，认定欠下的钱一定要还清。终于，在广州替一家浙江企业推销医疗器械时，他积攒够了还账的钱，通过景德镇有关部门达成了愿望，连本带息把欠账还清了。人可以失败，但基本操行必须坚守，这件事，充分体现了姚良松的韧性和对信誉的尊崇。

债务还清后，姚良松成立了自己的第一家公司。1992年5月，广州科信新技术发展公司成立，产品绿海风湿关节炎治疗仪上市，很快在上海、北京等十几个中心城市设立了办事处。

一年下来，公司创收近千万元，29岁的姚良松个人积蓄达到200多万元。但眼光锐利的他很快发现，这个行业太小，想要做大很难，于是他开始谋划转型。

这一天，意图从房地产行业寻找机会的姚良松陪家人到丽江花园看楼，样板房里那套漂亮的港式橱柜吸引了他们的目光，身边的妹妹更是忍不住赞叹说："这橱柜真漂亮，要是我们家有一套该多好！"

言者无意，听者更有心。那一瞬间姚良松的大脑灵光一闪：这些港式橱柜在内地还是个稀罕物，做这个应该是很大的商机呀！

念头涌动之下，计划很快形成，并且迅速付诸行动，市场调查、人才招揽、设计图纸、组织生产，没多久，"首届广州现代橱柜展"便在姚良松的操作下紧锣密鼓开场了。尽管规模很小，整个展厅才五十多平方米，展出的橱柜也就三个样式，但效果却相当不错。短短五天展会，就收到了五十多万元订单，并且催生了欧派的前身"康洁橱柜"的诞生。

康洁橱柜很快打开市场，并在更名为欧派家居后飞速发展，多年来一路稳健成长，业务领域从整体橱柜延伸至全屋定制、木门、卫浴、软装、厨电、金属门窗、装甲门、家具配套、整装等领域，实现了整体家居一体化服务的大家居定位。

随着市值冲上千亿，欧派家居从中国家居装修行业产业化重要拓荒者到屹立潮头的龙头老大地位在体量规模上得到了数据确认。

到达这个境界，欧派用了二十多年时间。

二十多年岁月奔流，世界日新月异，已经进入了有些新产业、新公司横空出世一年半载就可以达到千亿甚至万亿体量的万物互联时代。所以，若以此作为观照的话，欧派的发展速度也说不上多惊人。

欧派总经理谭钦兴2020年底接受笔者采访时坦言，欧派的策略是稳健，从来不刻意追求发展速度；也正因为稳健，所以一直前进得比较顺利。

谭钦兴是姚良松的大学同学，也是欧派的创业元老之一。十几年前笔者第一次采访欧派公司时，他就是总经理了。

除了策略，欧派的最成功招数是什么呢？

谭钦兴沉吟着说："很多，比如产品质量，比如技术工艺等，但说到最成功，应该是我们的商业模式。"

谭总经理语速很慢，好像在宣布什么秘密似的。

而其实，欧派的取胜之道在家居业界，早就不是什么秘密了。

甚至在欧派成立之初，就确立了以产品优势、品牌优势为基础，以渠道优势、信息化优势为翅膀，以商业模式为利器的发展方略。

当然，这个发展方略并非一成不变，而是根据市场形势不断革新与完善，让欧派始终屹立在家居产业的最前线。

从1994年创立开始，在姚良松和谭钦兴的策划指挥下，欧派先后在中国家居市场掀起了多次"革命"浪潮：

第一个十年，欧派引领并完成了中国家庭的"厨房革命"，把"整体厨房"引进国内市场。这十年，欧派的前进步伐相当稳健，用董事长姚良松的话说，是稳健到接近保守，主要精力投在品牌质量和渠道拓展上，这也是多数企业的做法。

"质量和渠道，这是企业生存的基础，绕不过的！"欧派十周年庆典前，姚良松接受笔者采访时强调了稳健的理由，又坦言接下来的十年，会有相对积极的动作。姚良松说，因为欧派的高层多是他的大学同学，他们提出了要用造飞机的态度来造家居器具，质量上一定要领先行业。"但制造家居产品毕竟不是真的造飞机，在现代科技条件下，只要原材料过关，生产上保证质量是问题不大的，所以今后我们会在探索商业模式上加大投入力度，会有让业界兴奋起来的大招推出。"

果然，第二个十年，从橱柜定制中积累了"大规模个性化定制"经验的欧派，不断将核心定制基因嫁接到衣柜、卫浴、厨电、门窗等品类上，逐步确立了家装全纬度优势，拉大了与同业竞争者的距离。

至此，拥有行业最优产品体系的欧派走得更快了，它基于用户角度深度布局，于20周年之际宣布启动大家居战略，提出以一体化设计、一站式选材、一揽子服务的"一家搞定"模式,作为其不可取代的核心竞争力。

其核心理念是:客户要什么就会有什么,无论是风格,还是款式。

纵观整个家居行业,能够抢占全渠道入口并真正有实力整合资源做到"一家搞定"的,唯有欧派。

欧派又一次引领潮流,开启家居装修行业的崭新时代,让众多同业者的目光再次因为欧派而聚拢,让无数家装客户充满期待,跃跃欲试。

四　欧派的大家居时代

　　地球上的生命，几乎无不重视自己的家居。鸟儿远飞千里，要有一个归巢；鱼儿深游大海，要寻一处依托的沙底；虫儿叶上游弋，要为自己扯上几条细丝；人来自树上，要为自己造个"帝"……帝者，蒂也，意为花蕊，但在甲骨文中，却被画成了树上的蜗居。帝，就是家，无论上帝也好，还是人间大帝也罢，都是家的象征。没有家，哪有帝？

　　远在一万年以前，人们还生活在洞穴中，就学会了装修，不仅要住着安全，还要有视觉美感。那一幅幅岩画，就是心血的凝聚。远在7 000年前，河姆渡人就为自己盖起了草棚，那是远古人类的房子。有了房子，就一定要有装修，或许是将树枝理顺，或许是将草叶压平，不仅能遮风挡雨，住着还要舒适。远在2 000年以前，秦王倾全国之力盖起了阿房宫，那是当时最大的房子，"覆压三百余里，隔离天日"；也用了最贵的装修，"燕、赵之收藏，韩、魏之经营，齐、楚之精英"……美没有极限，财富没有极限，装修也没有极限……时间走到现代，住进高楼大厦的人越来越多，装修也便成了越来越多人必须面对的课题。

　　中国人民勤劳勇敢，中国人民更不乏聪明才智。一万家，就有一万家的装修风格；一万家，就有一万家的装修纷争：老子和儿子的不同审美，妻子和丈夫的差异品位……一场装修就是一场战役，仗打完，却发现一地鸡毛，到处是遗憾。甚至，它影响到了家庭和睦，很多至爱家人为此吵翻。

　　专注于家居产业的姚良松和他的团队当然时刻把握着家装市场的脉搏，洞悉随着越来越多人开始恐惧装修，完整的一站式解决方案是消费者迫切需要的情况，于是欧派的大家居时代开启了，其核心就是完整的装修解决方案与资源的优化整合。

欧派是在中国第一个践行大家居概念的企业，从整体橱柜到木门，从衣柜到卫浴，从墙饰壁纸到厨房电器，绝大部分产品，欧派都能自主行产。目前，欧派拥有超200万平方米规模的覆盖全球的家居智能生产基地，已布局中国东西南北的无锡、成都、清远、天津四大AI智能生产基地，在保障高产能的同时，最大限度地发挥地理优势，控制物流成本及货运速度。

部分公司不生产的家装品，欧派的办法是组合上游、下游供货商，将大家聚到一个平台上，实行资源整合。在这个平台上，上、下游相应企业，有钱大家赚，有饭大家吃，通过大数据的支撑来获取更大的市场份额，实现大家共赢的局面。由于欧派早已是市场信赖的成熟品牌，欧派搭建的平台广受欢迎，拥趸无数。

如今，大家居模式已经是欧派最大的业绩源和利润增长线，其推出的六大定制空间，包括入户系统、客厅系统、餐厅系统、卧室系统、功能房系统和阳台系统，充分满足了不同人士的个性化需求，构成了每一个家庭不同的温度与气质，犹如每一个独特的人。属于每个家自己的风格，都是独特的、专属定制的，承载了感情，寄托了愿望，蕴含着希望。总之，专业设计团队会努力设计出满足每个家庭成员需求的家装定制方案，尽最大可能实现环保化、舒适化、安全化、智能化的大统一。

据欧派总经理谭钦兴介绍，2020年一年，就有超过80万个客户选择了欧派提供的一站式全屋定制服务：简约的，繁复的，古典的，现代的，中式的，西式的，北欧的，南美的，土耳其的，地中海的……80万个客户，每一例都有一套独一无二的设计方案，都有指定设计师根据客户要求改进方案，或加或减，或变或改，一切都由客户做主。包括选择材料，是实木的还是复合板的，实木的有黄花梨、小叶檀、黄菠萝、水曲柳、老橡木、山核桃、钻天柳、大叶杨……复合的有实木的、刨花的、岩棉的、彩钢的、铝蜂窝的、不锈钢的……然后报价签合同，施工人员进场，工期结束，新房交吉，整个过程，客户完全可以当甩手掌柜，什么都不用管。

这就是欧派打造出的大家居理念，追求全方位满足客户要求的目标。虽然，要实现这个理念，欧派须付出更多的努力和成本，光是设计工程师的工作量，就增加了无数倍。但是谭钦兴表示，只要客户需要，所有的付出都是值得的、必要的，因为客户需要就是市场，就是企业生存与发展之道！

那么，对于欧派的大家居理念，市场反应又是如何呢？

业绩是最能说明问题的：

尽管新冠疫情让绝大多数企业2020年的日子都不好过，欧派家居也同样面临巨大困难，但出人意料的是，它的营业收入和净利润都实现了逆势增长百分之十五以上。

客户的感受又是如何呢？他们的观点，或许更能说明问题。

"主要是省事，太省事了！"

南方电讯公司的张女士介绍说，她一向对老公很依赖，新家装修的合同是她老公和欧派签订的。她原本以为老公可以包揽一切，谁知道合同刚签，就闹起新冠肺炎疫情，当医生的老公受命援鄂去了！这可把她急坏了，可抗疫是大事，她还是要坚决支持他的呀！着急之下，送老公出发时她说她什么都不懂，建议不如延期装修，反正受疫情影响，欧派方面也能通融。但是老公笑笑说不用她懂呀，欧派会一站式搞定的，她有兴趣就眨眨眼瞅瞅设计方案，动动嘴提点建议，没兴趣就当甩手老板娘好了。后来，果然如老公说的，一桌一凳，一柜一屉，都交给了定制，老公只在休息的时候通过微信跟我沟通，选择样式和材料，根本不用她去体验装修经历。甚至装修完工后，请专业公司来测量新家里的甲醛含量，都不用她费心！

"我绝对想不到，老公抗疫回来时，我居然可以在新房里迎接他，我老公那个开心啊，像七岁小孩似的！"

时隔几个月说起装修的事，张女士的满意依然溢于言表。

珠江中学罗老师坦承，他选择欧派定制，最主要原因是他和妻子都有装修恐惧症。

罗老师已经结婚十余年，妻子是一名会计师。他们有两个小孩，老二出生后，原来的二居室已经不能满足生活所需，于是果断置换三居室。

手续办妥，立即面临装修问题，夫妻两人意见非常统一，就是到欧派五羊新城店谈定制，选择方案。原因是，上一次他们装修二居室时，留下的记忆太恐怖了。上一次装修时，因为刚买了房存款不多，为了省钱什么事都亲力亲为，连一颗钉子都自己买，结果夫妻俩都忙得灰头土脸的，效果还不理想，自然互相抱怨。用罗老师的话说，是积蓄全部搞光，心中充满辛酸，夫妻基本闹翻，差点儿一拍两散，太可怕了。妻子也有阴影，说上一次的装修经历让她瘦了十多斤，那是她这辈子最成功的减肥经历，两个月就瘦了十多斤："但我真不愿意再经历一次那样的减肥了，因为带着后遗症啊，后来心情平复了，掉的肉都加倍长回来啊！"夫妻俩收入都比较高，经过十来年积攒，有了一定家底，这一回的装修预算无须再斤斤计较，自然就希望装修过程能不再劳累啦。而让客户既能享受装修决策力又不用劳累，正是欧派所能提供的服务。

当然，罗老师夫妻最终定下欧派，还有一个重要因素，那就是他们想打造一个既能满足孩子的学习，又能满足孩子的娱乐的儿童房，欧派给他们提供的设计方案和立体效果图，完美地解决了他们的需求。最终，一间带着浓浓动漫气息的儿童房在他们家诞生了，正是适合孩子天性的小天地，因此工程验收时，罗老师夫妻对欧派提供的定制服务给出了五星好评。

在一家商会内刊当编辑的周师奶，则是欧派的厨房设计的超级拥趸。

周师奶是个资深文青，说起厨房的事来，也是满嘴文绉绉的语言。

你看，骤雪初歇春日暖，立春时节与家人一起制作春饼，喜迎新春，期盼一个好的开年；绿树荫浓夏日长，炎炎夏日里，一碗凉面下肚，清清爽爽地享受一个慵懒的午后；桂魄初生秋露微，秋风起，蟹脚肥，蒸上一锅大闸蟹，在吧台小酌几杯桂花酒，满满都是秋天的味道；冬至阳生春又来，除夕是合家团圆的日子，全家人包饺子，准备年夜饭，用美食和爱意慰劳归家的人——这些时令美味，在风景般优雅的欧派定制厨房里演绎，连岁月都充满了香甜呢！

周师奶还是蒋雯丽的粉丝，她当年认识欧派就是看了她那个有家有爱有欧派的广告："当年，雯丽那范儿和欧派厨房那范儿，简直就是顶级艺术完美结合的范儿，根本无法拒绝！我必须发誓，我从没把那广告当广告。"

第二天，她就按捺不住去了欧派的示范店，开始落实将厨房重新装修的事，最终把蒋雯丽向全世界推介的厨房复制到了自己家里。从此后，厨房烹饪的就不再只是一日三餐的食物，还有往日的情怀、今天的诗意生活，还有她对家人的奉献与爱。

而周师奶本人，则变得非常喜欢待在厨房里了。有时候并不烹饪什么，只是漫无目的地坐坐，感受时光之河的静静流动而已。

她很满足，这就是她理想的家，这就是她希望拥有的小康生活。

拥有一个理想的家，几乎是每个人的梦想。

对于什么样的家才是理想的家，不同地域、不同年龄、不同人生阅历的人，会有不同的定义，一道红烧肉的香，一壶梅子酒的醇，一杯绿茶的甘，一张床的舒适，一套沙发的宁静，一扇窗透出的微光……甚至一个温馨的拥抱，一声亲切的问候，一次痛快的哭，都会是家的构成元素，虽然没有具体标准，但有一个共同点，那就是爱。

是的，家是我们歇息的港湾，爱是我们加油的动力，家是核心，爱是要义，而欧派追求的，就是与家和爱无间结合，组成最稳固的铁三角，为客户提供能使家和爱增加分量的服务。

有家有爱有欧派！

是的，为家为爱提供最好的服务，这是欧派的目标与方向。

有了目标与方向，接下来就是执着追求了。

而执着与韧性，正是姚良松的强项。

"只要孜孜以求，总会有收获的。"这是姚良松经常强调的话。如今，他的收获远远不只是"有"，而是惊艳天下的巨大成功和近乎天文数字的财富。

面对巨大成功，面对千亿市值新时代开始，姚良松既没有飘，也没有狂，他强调欧派今后将以领先的工艺技术和绿色环保的制造理念驱动行业消费转型升级，但目标与方向不变，依然是与家和爱同在！

| 第六章 |

百姓的健康最重要

企业经营，注重经济效益，把创造利润放在第一位天经地义。

而他们，却从来没把经济目的放在首位。

从来没把经济目的放在首位，却成了全国最大的制药企业集团。

他们的信念，永远是百姓需求第一，永远是百姓健康第一。

他们是红色基因的传承者，忠实地践行着共产党组织的伟大理念。

有时候，为了社会效益，他们甚至放弃自身利益去维护公众利益。

他们是连续多年荣登"全国制药工业百强榜"榜首的广州医药集团，他们是全国文明单位，他们是广州制造业的骄傲，他们是守护百姓健康的仁心与良心。

一 仁心与爱心

回收过期药品的仁心

2003年,一场"非典"横扫全球,人们陷入一片恐慌中。

板蓝根作为抗病毒药物,一时间被抢购一空。平时限价12元20包一盒的板蓝根,最高时被炒到100元一盒,而且,药店经常无货。

广州医药集团(下称"广药"或"广药集团")旗下的白云山制药厂,是我国板蓝根生产的最大厂家,全国生产的板蓝根,有六成出自白云山制药厂。

面对全国抢购板蓝根的狂潮,白云山制药厂向社会做出承诺:一、绝不提价;二、24小时开机生产。

白云山板蓝根不涨价,原料却跟风涨价了。

时任广药白云山制药厂厂长李楚源再次表示:"我们要信守承诺,宁可赔钱也不涨价。"

那段日子,来广州白云山拉板蓝根的货车,每天都排一二千米的长队。

对此,有人痛心地说,这哪是来白云山拉板蓝根来了,是来拉钱来了。

李楚源说,我们广药集团白云山制药厂是国有企业,哪能在国家有难时发国难财呢?

广药集团是广州市政府授予的国有资产经营的企业集团,拥有2家上市公司和30多家成员企业,主要从事化学药、中成药、生物药的研发、生产和销售……2020年,广药集团位列中国制造500强企业第155位、中国中药药企第一名。

"非典"后,有人总结,中国抗击"非典"有四座山——小汤山、王岐山、钟南山、白云山。

"四座大山"压倒了"非典",一时成为佳话。

疫情过后,李楚源却犯了琢磨,白云山制药厂生产出这么多板蓝根,被市场清零,一时间大家哪能全喝得下?

如果是酒,越放越值钱,但是,药品一旦过期,却就成危害了。

据统计,全国每年的过期药有1.5万吨,而在药品不良反应案中,有1/3是因为吃了过期药品。过期药品如果随便丢弃,造成的污染是废电池的3倍。

李楚源开会和大家商量:"我们生产药品是为了救人的,但药品一旦过期就是害人的。我们绝不能让过期药品、起码是我们白云山制药厂生产的过期药品再去害人。"最后,大家决定建立"家庭过期药品回收机制",降低过期药品的危害性,减少群众损失。

李楚源这一决议,得到了广药集团旗下30多家药厂的支持,又将全国6 000多家药店开动起来作为回收点,派出大量工作人员,去到基层指导宣传,进行回收工作。

广药集团做出相应的回收措施:一、旧药可以换新药(包括原有药品或其他品种药品);二、旧药可以换代金券,代金券随时可以购买广药的药;三、每位来换药的顾客都有礼品相赠;四、回收药品在当地药监部门见证下集中销毁。

2004年,广药举办首届旧药品回收活动,回收过期药品860吨,其中,回收最长的过期药品是1967年生产的复方丹参片,回收最多的是板蓝根冲剂,回收"最值钱"的药品是一箱小柴胡颗粒(里面装有价值近3万元的金饰品,后退回原主);另外,收获各大媒体评论报道1 200余篇,普及药品知识和环保理念不可估量……

此次活动共花费1 482万元,其中,销毁药品(因是特殊物品)占去很大一部分钱。

自2004年起,广药回收家庭药品形成机制,每年春秋两季各搞一次。

2014年,广药集团"家庭过期药品回收",被收入《吉尼斯世界纪录大全》,称其创下了"全球规模最大的家庭过期药品回收机制"纪录。

一家企业,把一件事情做个一两年也许是兴趣、是宣传,抑或是情怀,但如果形成机制永远做下去,就不仅仅是"情怀"二字所概括得了的,因为,他们还有更重要的事情要做。

山乡刺梨结爱心

贵州龙里县茶香村的十月,正是刺梨丰收的时节。田园里、山坡上,一片片刺梨在秋阳的照射下金光闪闪,一个个布依族男女或筐或篓正在采摘着刺梨。田间、地头,簸箕装的,箩筐盛的,席上晒的,全是刺梨,馨香阵阵,摇金滚银……这奇怪的果子,一个个指肚大小,全身披满了毛刺;但此时,在秋阳的照射下,在布依人喜悦的目光中,变得温柔又驯服,果皮黄了,果刺软了,果浆甜了,一个个安静地躺在筐里,似乎正在盼着被装车运走,加工成果汁,调配成饮料,转化成人们需要的维生素C。

刺梨,贵州山林中常见的一种小野果,很多贵州人对它都有过舌尖上的记忆——甜甜的,酸酸的,略微带点苦涩,感觉就像乡愁,塞满了童年的记忆。很多贵州人讲起刺梨,都有很多故事。但是,多年来刺梨一直躲在贵州的大山里,不为外乡人所识。直到国家展开扶贫工作,直到广药开始开发利用,刺梨似乎一夜之间睁开了眼睛,笑意粲然地打量着这个世界,世界似乎也在一夜间睁大了眼睛,惊奇地打量着这种野果,它,真就这么好吗?

康熙年间,贵州巡抚田雯在《黔书》中记载:"刺梨野生,实如安石榴而较小,味甘而微酸,食之可以解闷消滞,渍汁煎之以蜜,可做膏。"这是对刺梨最早的记载。但是,刺梨资源却一直没有得到有效的利用,当地村民除了在刺梨成熟季节,采摘一些,或鲜食,或晒成果脯,或用来泡酒,或煮饭,此外,并没有让它发挥更大的价值。

让刺梨一下子名满人间的，还是在近年，广药以刺梨为主要原料，生产出了刺柠吉饮料，让人们一下子记住了刺梨的名字。

2020年，是中国全面建成小康社会的收官之年。早在1986年，国家就提出了扶贫工作；2013年，开展精准扶贫。广东作为经济大省，扶贫工作自是不会落下；广药作为广东省的重点企业，扶贫更要走在前头。按照国家"东西协作"的扶贫方针，广东和贵州结成了帮扶对子，广药和贵州黔南握起了双手。

授人以鱼不如授人以渔，是扶贫最好的办法。

2018年，广药派出定点扶贫队，深入贵州黔南、毕节、六盘水等地进行实地考察，研究着帮当地致富的门路，结果，漫山里生长的一种小野果，引起了扶贫队的注意。这种小野果名叫刺梨。刺梨名字中有梨，却满身是刺，不到成熟时，不论人还是鸟雀，都难以入口，但待其成熟，却是刺软果甜、香气浓郁。扶贫队见多识广，采回去经技术人员一番研究，小小刺梨被研究得"体无完肤"。

其中，刺梨果维生素C的含量最高，每100克鲜果的维生素C含量居然有841.58～3541.12毫克，是柠檬的100倍、柑橘的50倍、猕猴桃的10倍，堪称"维C之王"，同时，刺梨所含的超氧化物——歧化酶也高出其他水果。超氧化物——歧化酶被国际公认为是具有抗衰、防癌作用的活性物质……刺梨这两项指标，就让它成了黄金果。

广药领导经过研究，决定采取"输血＋造血"的方式，让这片山地上的农民富起来。

广药投资15亿元，在贵州黔南成立潮映公司生产刺柠吉饮料和润喉糖两种产品。

15亿元的生产能力有多大？这里不必细算。

单说那满山满岭的刺梨，这一回都找到了"婆家"；多年来一直背井离乡的打工人，在家门前就找到了厂家；更有那些瞅天看地，茅草屋、篱笆院，山疙梁上种玉米的农民，此时也都有了活干——除了漫山遍野采摘刺梨，更是转产引种刺梨——截至2020年，贵州刺梨种植面积已达到200万亩。

200万亩,是数字,也不是数字。那是富裕了的山乡,那是孩子的学费,那是小伙子的彩礼,那是老人晒太阳的本钱,那是一位位饱经沧桑的山民挺起来的腰杆,更是实实在在的碗里的肉、杯中的酒……

2020年,一场突如其来的疫情,让很多企业受到了影响,但是,广药集团并没有停下扶贫的脚步,加快生产刺柠吉饮料,甚至,将钟南山老院士都请出来了,和广药集团董事长李楚源直播带货,卖刺柠吉饮料——当你喝完一箱刺柠吉饮料,里面就有两元钱,被广药捐献给了贵州人民。

广药的扶贫事迹得到了国家和广州市政府的表彰。

国务院扶贫办原主任刘永富批示:"广药集团对贵州刺梨产业帮扶做法值得宣传推广,对有一定发展基础和发展前途的特色优势产业,通过纳入攻坚项目和东西部扶贫协作范围,开展帮扶创新、市场开发、龙头企业带动等措施的做法,促进大面积脱贫乃至致富,是一条好路子。"

扶真贫,真扶贫,广药真做到了。

广药除了帮扶贵州刺梨产业,在其他公益活动中,从没有落在后头。

2013年,四川雅安地震后,广药集团第一时间宣布投资3亿元在雅安建王老吉生产基地,拉动了当地经济的增长。

2016年,广药集团承担广东省重点援藏项目"鲁朗国际旅游小镇"藏式养生古堡的建设任务,养生古堡已经在2016年国庆期间开业。

2017年,广药集团在甘肃两当、华池、东乡族自治县、宕昌四个县设立4个扶贫车间,帮助当地贫困群众实现"造血"式脱贫。

2020年,一场新冠肺炎疫情席卷中国大地和全世界。面对疫情,广药集团再次向社会提出"两不两保"承诺——不提价,不停工,保证产品质量,保证公益为上。同时,向湖北捐赠了1 200万元的药品和防护服,加班加点生产防护口罩,向社会提供口罩6亿只。

从回收过期药品到公益慈善,作为一家企业,每一年都要花费大量人力物力,这对于以营利为目的的企业来说,难道只是"情怀"所在吗?

事实上,浮嚣于这一切光环之外的,却是本质,是基因,是几百年来熔铸于他们骨子里的企业精神。

二　广药的长寿基因

  2021年1月15日，广州市15届131次市政府常务会议审议通过了《广州支持中医药中华老字号品牌振兴实施方案》，广州市出台24条具体措施，以此来提高中医药老字号的影响力、创新力、竞争力和带动力。

  广州市政府扶持的中医药中华老字号品牌中，广药集团的陈李济、中一、敬修堂、采芝林、王老吉、星群、奇星、潘高寿、明兴、光华、何济公、健民连锁12个中医药中华老字号赫然在列。

  这12个老字号，其中前10个历史超百年，拥有省级和国家级非物质文化遗产的项目9项。

同心济世，长发其祥

  据英国《吉斯尼世界纪录大全》记录，陈李济是全世界最古老的药企，现在已经传承了四百余年。

  穿过岁月的烟云，让我们将目光定格在明万历二十七年（1599）秋天。

  广州广汉路（今北京路），一阵鞭炮声中，陈体全、李升佐两位老板向众街坊频频拱手，联手扯下罩在一块牌匾上的红绸，牌匾上现出金光闪闪的三个大字——陈李济。

  街坊们知道是药铺开张，但缘何起这么一个让人莫名其妙的名字？

  按中国医药传统文化，一般药铺起名都叫坊啊堂啊馆啊殿啊什么的，比如百草坊、仲景堂、仁爱馆、长生殿等,"陈李济"有啥说道呢?

陈体全老板拱手道:"陈、李,就是我和李升佐老板两家的姓,他姓李,我姓陈,济,就是同舟共济,就是济世利民,就是扶危济困。"

街坊们听完陈体全的解释,齐声叫好。

陈李济,将个"济"字写在牌匾上,要说新鲜也不算新鲜。

古时,药铺门前都挂有一个葫芦,以此做幌,寓意"悬壶济世"。

"悬壶济世"是从神话得来的。说某年大疫,有一老汉当街背一葫芦,葫芦里装药,遇人则赠一粒。乡亲们吃完药,药到病除。有细心人发现,老汉白天赠药,夜晚则钻进葫芦,方知老汉就是药神。这个故事几经改编,版本越来越多,故事越来越丰富,但万变不离其宗,突出的都是一个"济"字。

药仙李铁拐行走江湖,背的就是一个药葫芦。如果少了葫芦,将他画得再瘸,也就不是李铁拐了。

古人之所以用葫芦装药,因为葫芦里隔潮防湿,药不变质。因此,古时但凡做药的,都少不了葫芦,甚至形成俗语——葫芦里卖的什么药?

陈李济药铺,开张不挂葫芦写个"济"字,倒也简洁、明了。

除此之外,还有让人不解的地方,就是药铺两家合开。

手工业时代,人们开铺,大多一家一户,或父子或夫妻或兄弟,一般少有两姓合开的。讲起来无非是怕挣不到钱引起两家纠纷,怕挣到钱还引起两家纠纷。不是一家人,不进一家门。

陈体全、李升佐两人为何甘冒风险呢?

讲起来这里边有个故事,一个流传了几百年的故事。

明代,广州承袭了汉唐繁华,行商坐贾,车水马龙,帆影如林,一片繁忙。

陈体全老板承粤商基因,得广州风气,开有一家珠宝作坊,往来江湖,生意做得十分顺畅;相比陈体全,李升佐老板为人本分,喜欢中草药,开有一家草药店,生活倒也过得去。

将两人联结在一起的,是一包银子。

话说这一天，陈体全起个大早，去安南（今越南）进口玳瑁。

玳瑁，现代人称之为有机珠宝，其实，就是一种生活在珊瑚礁里大海龟的鳞片。玳瑁也是这种海龟的名字，它体形巨大，大者二三百斤重，骨质鳞片有手掌大小，晶莹剔透，花纹清晰，色泽柔和明亮，可制簪、制梳、制扇、制镯，更被人当成辟邪挡煞的神物，价格昂贵。远有武则天，近有慈禧，无不将玳瑁当成身边之物，甚至名妓董小宛制的一柄玳瑁扇，至今仍藏在国家博物馆里。"三千玳瑁之簪，数十珊瑚之树"，寓意豪富。

陈体全经营豪富之物，自然是位富豪。

陈体全急着赶船，睡眼蒙眬，带的包裹众多，偏偏将一个最重要的包裹遗失在了码头。

也是赶巧，这一天李升佐去码头接一包苏合香，见码头上不知谁掉落一个包裹，捡起一看，里面沉甸甸地装满了银圆。凭手感知道，这些银圆不下于二百两。在明代，一两银子（37.4克）约合现在的人民币500元，二百两银子，以当时的生活水准，够一家人活一辈子了。

一大早，码头寂寂，四周无人，又没监控，如果是爱财之小人，早已将这些银两揽入怀中，溜之大吉。李升佐却提着银子，一直傻站在那里，等着失主。

李升佐苦等一天没人来找，李升佐苦等两天没人来找……李升佐也是个执拗之人，你不来找，我就一直等下去。

半个月后，陈体全从安南垂头丧气坐船返回，看到码头上有人提着他的包裹，眼睛一亮。

陈体全上前，和李升佐一说一讲，认下包裹，待要酬谢，李升佐执意不要。

世界上哪有这样的人，捡了人家装满银两的包裹，在码头上苦等半个月，送还人家却分文不取？

如此信义之人，陈体全岂能放过？

陈体全将李升佐拉到一家酒馆里，把酒话桑麻，江湖论远。一番攀谈后，陈体全方知李升佐乃一学医之人，平时采药卖药，也为人把脉，以此维持生活。陈体全听了心下暗想，这样诚实信义之人，正适合做此行当。医者仁心，心正药真……陈体全将包裹推给李升佐，道："这些银子，我不求你要。我们合开一家药店，以此济世安民。"

陈体全如此说，李升佐推脱不得，道："合开药店可以，但本钱我们各出一半。"

两人找来纸笔，请饭堂老板当中间人，写下契约："本钱各出，利益均沾，同心济世，长发其祥。"

一包银两，将两个素不相识的人连在了一起——一个，诚信有加；一个，真情仗义。在四百多年前的那个秋天，留下一段佳话。

后来，人们在研究"陈李济"时，猛然发现，陈李济能历四百多年而不衰，除了"济世为民"的企业文化、企业理念，所有现代企业具备的一切要素陈李济全都具备。

1. 股份制合作

陈李济是两家资本合资开办的企业，"本钱各出，利益均沾"，这就是股份制的雏形，不是单一的家族企业，其业绩不会因一家的兴衰而起伏。

这种经营方式在封建社会的确与众不同，两姓合股经营，各占一半资本，都有话语权，这就和现在的董事会一样，共同监督，同舟共济。而作为两姓人家选出的司理（厂长），自然要执行两姓的意志，这和现在的职业经理人大同小异，有能力者上，无能力者下。而且，四年一轮换，杜绝某姓将企业做成一家独大……这种模式，充分化解了家族企业中管理者单一的经营风险，和现代企业管理模式非常相似。

2. 品牌意识

陈李济以诚信起家，"诚信"二字一直是陈李济遵奉的圭臬。陈李济开张后，经营中成药，为了让人们相信中成药货真价实，果断地停了另一个赚钱的门路——中草药。之所以如此，就是为了避嫌，怕人怀疑他们将好的、有卖相的草药摆在面上，而将不好的劣质草药加工制造到了中成药里。

细节决定成败。

一个不起眼的举措，往往决定全局。

3. 坚持传统

陈李济的镇店之宝是乌鸡白凤丸、壮腰健肾丸。陈李济建于明末，兴于清朝，图存于民国，发展壮大于共和国。乌鸡白凤丸一直是大清朝廷的必备药，据说，慈禧太后每天不离乌鸡白凤丸，死时，颜面如生。

乌鸡白凤丸在中国有着悠久的传统。据说，此药还是中国名医华佗制成的。有一年，华佗带着家人在徐州游医，老母病危，华佗把脉，估计大限不出三日矣。华佗忙煎参汤，以延续老母生命，然后嘱咐哥哥送老母回老家，他随后就到。华佗处理完手头急事，赶回家乡，哪料母亲又活过来了。问其兄，其兄说路上买了几只乌鸡，用参汤给母亲炖服，到家了母亲病就好了。华佗视之为至宝，加以研究，又加了更多补药，如鹿角胶、黄芪、天冬、甘草、牡蛎、丹参、山药等研制成乌鸡白凤丸。据说，此方留在华佗的医学典籍《青囊经》里，可惜此书现已失传。后来的乌鸡白凤丸是明代御医龚廷贤将《寿世保元》中乌鸡丸和白凤丹综合加减，制成乌鸡白凤丸，流传于世。

陈李济正是通过御医龚廷贤的验方，制成乌鸡白凤丸，以料真艺精流传于世。

许多人以为，乌鸡白凤丸是女性用药，其实不然。

何女士，某大牌美容保健品的经销商，嘴甜人美，婀娜多姿，四十多岁了浑如二十岁的少女，人称冻龄。很多了解她的朋友，说是她总吃乌鸡白凤丸的结果。对此，她却有不同的看法："我是总吃乌鸡白凤丸，这是根据我的身体状况选的药。我身体瘦弱，胃寒，体虚，气血不足，因此才吃乌鸡白凤丸。这些年来总吃乌鸡白凤丸，是将我的气血补回来了，身体调理好了。但你们不要以为，乌鸡白凤丸是女性用药，这就错了，其实男人吃了更好，尤其体弱身虚的男性，更应该多吃乌鸡白凤丸。我家'那口子'，我便总让他吃。乌鸡白凤丸男性吃了比女性更好，能补肾益精，治前列腺增生，治秃发，治耳鸣，治痛风，治血管性痴呆症……"

何女士的话，为乌鸡白凤丸正了名。

说白了，乌鸡白凤丸就是一种高级补药，身虚体寒之人，尤其中老年男女，都不妨吃几丸试试。

笔者并非帮着卖药，笔者写作累了也吃。

4. 全力创新

承前启后，勇于创新，一直是工匠追随的精神。

300年前，陈李济研发制造出苏合香丸。

苏合香丸是治疗心绞痛等心脏病的药，主要原料是产自地中海的苏合香——一种芳香树脂。这种芳香树脂极易挥发，再加上岭南天气潮湿，如何防潮防湿防虫蛀就成了一大难题。陈李济经过反复研究试验，为药丸制成了一套"外衣"——蜡壳包裹，如此，中药长期保存的难题解决了，远途运输也不再是问题了。

蜡壳包装，是中药界的一次革命。

自陈李济为药丸穿上了"衣服"；北京、上海、杭州的药铺全学陈李济的方法让药丸穿上了"衣服"；甚至到了当代，全国许多中成药包装弃塑料不用，依然采用这种古老的包装方法，但也正因此，保护了中药的纯正，杜绝了塑料污染危害。

1959—1961年，中国遭遇了"三年严重困难"，面对当时很多人水肿的情况，陈李济再次上马壮腰健肾丸，为人解除了病痛。

经现代医学检测，壮腰健肾丸确实有抗氧化、抗衰老的疗效。

5. 大搞品牌推广

品牌推广，自古至今一直是商家经营的一部分，就连小商小贩，也要吆喝几声。

陈李济开药铺，做买卖，自然也要"吆喝"，但更为艺术。

清兵入关，继承了关内的文化，三年一届的科举成为京城盛事。届时，全国各地学子云集京城。当时没有义务教育一说，不是有钱人家的孩子，几个能读得起书？这些学子都是商家潜在的客户。

陈李济将文章做到了学子身上。

每届京试，陈李济都会派出大量人员提前带药进京，在学子集中的地方推销，进补的药、醒脑的药、防感冒的药……

同时，将精良药品对准精准客户，只要是举子，很多药都是免费赠送的，除了药，还有写有陈李济名头的纸扇。

与此同时，陈李济的人还跟着揭榜，哪位举子中举中进，则大加宣传，他们吃了陈李济的养心宁神丸，笔走龙蛇，精神清爽，得中举子……这些学子，参加完"高考"，或高中，或落榜，都要回到家乡，陈李济趁此再逐个送药，以保路上平安。

学子们读书识礼，又哪能白白接受？很多人甚至要购上很多药，回去送给父亲、母亲和其他亲属……陈李济品牌因此得以传播全国。

大家都知道，关东山三种宝：人参、貂皮、乌拉草；其实，广东也有三宝：陈皮、老姜、禾秆草。

东北三宝也罢，广东三宝也好，前两种还好解释，后一宝是否为了押韵放上去的？非也。

很多东西，成为宝之前，都有特定条件。你被扔到一座黄金岛上，黄金岛遍地都是黄金，但这里只有一眼清泉，这清泉就是宝。大东北天寒水冷，在棉花没有进入东北之前，人们将乌拉草砸碎当棉，乌拉草就是宝。广东也一样，在砖瓦稀缺的时代，禾秆草便是最好的苫房草，能为人遮风挡雨……说了点题外话。

陈皮，就是就是陈旧的橘子皮。

现代医学研究，橘子皮，所含挥发油能促进胃液分泌增多、胃肠蠕动加快等，用于湿痰、寒痰咳嗽、脾胃气滞等症。几百年前，陈李济就发现了橘子皮的这种功效，大量采购制造，存贮起来，成为陈皮的主要生产商。后来，人们再讲陈皮，将陈皮和陈李济联系起来，以为只有陈李济生产出的橘子皮才是最好的。人们之所以这样认为，因为陈李济不会骗人，陈皮贮存几年就是几年，不会将二年陈皮当成二十年陈皮卖，这是他们的品格所在。

每年秋天，陈李济都会派出大量人手去广东新会采购广柑。

广东新会出产的广柑，个儿大皮厚，所含挥发油最多。

待广柑半绿半黄之时，将广柑摘下，每柑两刀，剥下柑皮，就着秋阳晾晒。一筐筐、一簸簸、一席席的广柑皮，铺满了晒场房顶，半黄半绿的柑皮混合着太阳光，明亮耀眼，清香萦绕……至今，晒陈皮仍是新会一景。

柑皮晒个三五天，干到八成，用竹壳打包、压实，写上年月日，然后装进干燥通风的阁楼上，十年、二十年，甚至上百年……时间越久，陈皮经过岁月的沉淀，味道越醇，药效越高。

和陈皮大有一比的，还有橘红，也是陈李济的方药。橘红是在橘子红透时，采摘下来，剥下皮后去除皮上的白膜筋脉，加以贮藏。

苏辙曾写诗道："橘红安稳近谁传，鬓雪萧骚久已然。"并自注："予旧有腹疾，或教服橘皮煎丸，经月良愈。"

陈李济每次开包的陈皮，必在十年以上。按理说，这样的好东西一般商家都要吊起来卖，但是，陈李济却是只赠不卖。每年春节时，陈李济都会打开一些贮存十年以上的陈皮，包装好，送给销售陈李济药品的老客户，或者，以此打点重要的攻关客户。

人情往来，是中国传统文化的一部分。"投我以木瓜，报之以琼琚"，一个没有人情的社会，就是一个僵死的社会。温馨和睦，脉脉含情，相扶相携，是人际间最好的关系，也是商家和客户最好的关系。

品牌维护，品牌推广，是多方面的，但以此也能看出陈李济人的努力。

6. 企业要有担当

陈李济老铺位于广州广汉路（今北京路），前些年，在北京路中段考古，挖出了秦、汉、宋、元、明、清六层路面，证明了这里自古就是广州商业最繁华的地段。清时，这里的商铺铺铺相连，街道狭窄，且这些商铺房子大多都是砖木结构，居民烧柴做饭，极易发生火灾，一旦起火，火烧连城……在陈李济博物馆，笔者看到一台清末从英国进口的消防水枪，记载着当年陈李济做过的善举。

清末，社会动乱，针对火烛威胁，陈李济司理和股东研究，决定成立义务消防队，从英国购置三辆消防车，上面有手压的水枪、火钩、水桶、大小绳索、斧头、竹梯等，还有一个装满药品的药箱，以备救急。消防队旗为黑色，上书"陈李济"三个白字（消防车、木桶也写上），一旦某处发生火灾，队员立刻停产出动。

此举既消除了火灾，也为自己打了品牌，被传为羊城佳话。

广汉路作为广州最繁华的街段,每天的过客成千上万,其中必然有人身体不佳,出现这样那样的病痛。一旦发现,陈李济员工必伸手相救,代为护理,免费赠医送药……这一条,早已被写入店规。

夏日炎炎,烈日当空,广汉路各种挑担、拉车苦力者来往众多,陈李济又在门前摆设凉茶茶杯,免费供应路人凉茶。

毛主席说,一个人,做点好事并不难,难的是一辈子做好事。

陈李济却是几百年都做好事,形成店规,形成担当,更形成了广药今天的好传统。

7. 传承传统,与时俱进

1954年,陈李济传人李朗如便将陈李济交给了国家管理,让陈李济融进了共和国的大家庭中,成为广药的一个分厂。

中国传统医药,到了当代,都面临着西药的冲击,此时,固守传统固然重要,但能让传统企业融入现代化企业之中,让传统中成药发挥更大的效力,考验着每一家"老字号"中药企业。

陈李济在20世纪90年代,易地重建,投资1.3亿元按GMP(良好生产规范)标准兴建新厂,告别了前店后厂的模式,大踏步跨入了现代化企业行列。

制药上,陈李济采用现代检测标准检测产品质量,以HPLC(高效液相色谱法)进行精确的微克级限量检测,让古老的中药踏出了现代化的步伐。

陈李济依靠现代科学,研制出了治疗免疫性疾病的纯中药制剂——"昆仙胶囊"。

"昆仙胶囊"是国家的重点科研项目。该产品对类风湿性关节炎的临床疗效达到了89.7%。目前,治疗类风湿、红斑狼疮等免疫性疾病,西药无能为力,"昆仙胶囊"已被国家中医药管理局定为治疗类风湿、红斑狼疮的"种子产品"。

这是中华医药对世界的又一贡献。

陈李济,作为世界上最古老的药厂,历经四百年而不倒,一是具备了完整的企业要素;二是炼出为社会服务的企业本质;三是一代又一代陈李济人继承传统、勇于创新的工匠精神……这些，就是陈李济的精神所在，也是广药的精神所在。

百折不挠求高寿

广药的大家庭里，还活着一个老寿星——潘高寿。

潘高寿不是人名，是一个中药品牌，是融合了几代人心血的一个品牌。品牌就是产品的生命，一个传承了上百年的品牌，能不是寿星吗？

我们将时间推到光绪十六年（1890）农历冬月初一。

冬月初一，北国已是千里冰封，而南国羊城，仍然暖意融融，紫荆花开满街头，黄槐树金花摇动，街上人来人往，一片繁忙……

初一这天巳时，高第街上一阵鞭炮响过，人们知道，又一家店铺开张了。

这家开张的店铺名叫"长春洞"。

难道这是道家开的店铺？

习惯上，古人修仙悟道，常选洞府，谓之"古洞藏春"，如楹联所写："黄鹤从何处飞来，听长笛有声，楼头梦醒三更月；青霞于此间掩映，看名山如画，林下春藏一洞天。"

事实上，"长春洞"并非道家弟子所开，乃是广东开平人潘百世、潘应世和潘平世三兄弟合开的一家药铺。

潘氏祖传的医药生意，到了潘百氏兄弟这一代，仍在开平开药铺。药铺名叫"百应堂"。但是，到了清末，土匪横行。"百应堂"应付得了街坊，却应付不了土匪。

三兄弟商量，这才将药铺搬到了广府。

三兄弟在高第街选了一处前店后厂的门面，重起店名"长春洞"。

将药铺起名"长春洞"，也算中医溯源。

自古就有医易同源之说，很多中医理论都是在《易经》基础上发展起来的。《黄帝内经》，就是一部道医经典，因此，有人将黄帝与老子合在一起，称为黄老学说。我国古代的很多医学大家如张仲景、葛洪、陶弘景、孙思邈都是道教名医，甚至我国当代获得诺贝尔奖的屠呦呦研究的"青蒿素"，就得益于葛洪的《肘后备急方》："青蒿一握，以水二升渍，绞取汁，尽服之……"

潘氏三兄弟在高第街苦心经营，以"货真价实，童叟无欺，扶危助困，济世济人"为店规，赢得了街坊的信任，在广州站稳了脚跟。

20世纪初，三兄弟相继辞世，"长春洞"由他们的下一代潘郁生主持。

潘郁生勤学上进，知文懂医，更怀济世之心，为人所称道。

清末民初，广州是战争策源地，战乱频繁，再加水灾、旱灾侵扰，时有瘟疫流行。潘郁生为研制抗瘟疫药品，遍查医书，访遍名医，经过长时间研究、试验，最后研制出了强身健体、润肺止咳的"川贝枇杷饮"，主要治疗由疫症引起的咳嗽等呼吸道疾病。

"川贝枇杷饮"甫一推出，果有疗效，受到人们的欢迎。当时疫情太多，人们有病治病，没病在家中也要备上一些，以备不时之需。街坊的嘴就是最好的广告。另外，潘郁生除了医学，更喜文学，常在报纸上发一些时政评论，也就是所谓的"酷评"或"辣评"，立论尖锐，直达时弊，赢得大批粉丝。潘郁生写文卖药，文佳药好，一时间成了广州名人，"川贝枇杷饮"也成为名药，很多海外客商，离开广州时，都要带一些回去。

"川贝枇杷饮"是长春洞镇店之宝，有了龙头药，其他的商品如卫生丸、理中丸、保肾丸、白凤丸、宁神丸、镇惊散、百应丹、协祥丹等也颇负盛名，治疗妇科、儿科疾患都有一定效果。

长春洞被潘郁生经营得风生水起。

但是，啥事都怕"但是"，1911年，同盟会在广州起义，高第街被一把战火烧成瓦砾，长春洞也就此葬身火海。

潘郁生自此家败，为了生存，只能去做走街串巷的游医。

潘郁生经过十几年的努力，有了一些积蓄，1929年在广州十三行豆栏街重开药铺。潘郁生上不忘祖，下不忘民，重修店名，将"长春洞"改为"潘高寿"，将川贝枇杷饮改为川贝枇杷露，成了潘高寿的主打产品。

几年经营，川贝枇杷露名气大了，仿冒者也就多了。

潘郁生作为新文化青年，写文章尖锐，经营中，却缺少品牌保护意识，川贝枇杷露这么有名，却没有想到注册。你不注册我注册，香港诚济堂知道后如获至宝，马上在香港注册了川贝枇杷露，开始生产经营和潘高寿一模一样的川贝枇杷露。

潘郁生发现后，大为光火。

潘郁生在香港《大公报》上，打出一版广告，广告上只有十七个字，上书"诚济堂"三字，下边一副楹联，右书"一二三四五六七"，左写"忠孝仁爱礼义廉"。

人们细琢磨后哑然失笑。

"一二三四五六七"寓意"忘八（王八）"，"忠孝仁爱礼义廉"寓意"无耻"，合在一起就是"诚济堂，王八无耻。"

城济堂注册在先，自是不服气，将潘郁生告上公堂，法院判潘郁生污辱罪，罚款大洋一千。

潘郁生自己研制的药，被人家仿冒，只因缺少商标意识，骂人遭罚，这回自己倒成了老王八钻灶坑——连憋气带窝火了。

痛定思痛，潘郁生重新设计品牌包装，将父亲和自己的头像印在包装上，还题了两句诗——"劝人莫冒潘高寿，留些善果子孙收"。

潘高寿经过此番折腾，被报纸一炒作，坏事变好事，人人皆知。

1938年，广州被日本攻陷，潘郁生带着儿子潘钮生走上了逃难的道路，先后在香港、韶关等地避难，仍以售卖川贝枇杷露为生。抗战胜利后，潘郁生回到广州，但此时，家财散尽，很难再恢复以前那么多中药的生产了，只得抓主打产品，在广州杉木栏路挑起潘高寿的招牌，主营川贝枇杷露。

"潘高寿"是老广们的记忆，几年经营，雄风再起，尤其传到潘郁生儿子潘钮生这一代，发展到了鼎盛期，潘钮生在中国香港、中国台湾、中国澳门都设有药铺。

潘钮生虽然多地建铺，但是，生产能力毕竟有限，直到解放时，潘高寿药厂的雇工也不超过30人，只能算个小微企业。

潘高寿三代人历经半个世纪的拼搏，将药厂做成小微企业，这里面有客观原因，也有主观原因。

客观原因自不必说，所有战争是正义也好，非正义也罢，结果都一样，就是破坏。潘高寿能在战火中存活下来，一是民族传统药业有着强大的生命力，再一个，也是潘家几代人拼搏努力的结果。

主观原因便是中国传统手工业的局限性，尤其制药行业更是如此——保守秘密，方不外露，传儿不传女。

因此，很多偏方、验方在传承中夭折，留下遗憾。

因为保守技术秘密，在生产中也很难扩大规模。制药时，架大铁锅，烧木柴火，药材配比由老板亲自动手，外人不许靠前……如此，生产一锅两锅可以，生产千锅万锅，就只能望锅兴叹了。

1956年，潘高寿实行公私合营，组成"公私合营潘高寿联合制药厂"，仍以生产止咳枇杷露为主，兼顾生产一些其他的中成药，保持了潘高寿的特色。

1959年，潘高寿药厂"铁破汤"问世。铁破汤对肺病有一定疗效，但受当时形势影响，片面追求产量，造成质量下降，被迫停产。同年10月23日深夜，药厂旁一家制木工厂失火，殃及药厂，潘高寿药厂被烧毁。

潘高寿药厂被烧毁后，药厂并未因此解散，职工坚守岗位，包"肥猪菜"和生产农药"DDT"进行生产自救。

1960年底，在党和政府关怀下，潘高寿再次上马，恢复传统药品川贝枇杷露和红中牌白萝仙止咳露、崇业牌小儿咳糖浆，分获广州市"一等品牌产品"和"二等品牌产品"，潘高寿再度名扬市场。

1964年，潘高寿药厂被划入广州市中药总厂，生产规模进一步扩大。1966年至1973年期间，潘高寿药厂改为"广州中药七厂"，一度被命名为"中药七连"。1974年广州市中药总厂撤销，潘高寿被并入医药总公司。1981年，再度恢复潘高寿药厂名。

潘高寿一路走来，风风雨雨，历经坎坷，仍能存活，这就是中药顽强的生命力。

1990年，潘高寿制药车间大楼落成，标志着潘高寿从此融入到了现代制药行列。

以往的秘方，再也不是什么秘方了，明明白白写在商品包装上；以往的经验，再也不是什么经验了，所有药品都要经过科学仪器检测，重新配伍；以往笼统啥都治的说明，再也站不住脚了，光咳嗽就被分出几十种，热咳、寒咳、疫咳、病咳等全都诊治到精微，然后对症下药……

潘高寿除了主营川贝枇杷露，又生产出蛇胆川贝口服液等20多种新中成药等产品，不但发扬了精制治咳药的传统，而且发展到生产治疗胆囊炎、肝炎和肾炎等多种疾病的药品，使产品结构向着多元化发展。

如果说早期潘高寿川贝枇杷露还属于手工制造，是制药人瞅着火，看着锅，一勺一勺熬制出来的，里面凝聚着制药人的心血与汗水，那么，现代潘高寿的川贝枇杷露就属于智能制造了，经过现代仪器检测，在配方和勾兑上更趋合理。在药物提取上，也采用了现代世界上最先进的萃取技术，使药物有效成分充分释出，然后浸入药液，使治咳疗效更加显著。

一种药，能历百年而不衰，一在配方，二在技术。现代智能生产，让川贝枇杷露更加有效。

网络上常有中医、西医，中药、西药之争，其实，去掉"中""西"二字，就只剩下了"医"和"药"了。

——能治好病的医生都是好医生，能治好病的药都是好药。

现在的潘高寿，已经成为广州市中成药行业中第一个利润超千万的大药厂了，进入到中国中药行业50强的队伍。2007年，潘高寿凉茶入选国家级非物质文化遗产名录；2008年，潘高寿传统中药文化入选国家级非物质文化遗产名录。

潘高寿，不用"攀"也高寿，风风雨雨，早已铸就了它强大的生存基因。

三 王老吉：品牌文化，王者天下

什么是品牌？有人说，每年拿出一千万，请某某代言，在各类媒体上大打广告，一年也能卖出两个亿来……此说颇能代表一些人的想法，甚至，很多商家也确实在这么做。

细思之，往往又并非如此。

就以王老吉为例，作为广药的一大品牌，叫得这么响，除了广告，还有上百年来附着在它身上的文化积淀。这种积淀就是价值，就是信仰，是认同，是经过岁月雕琢唯香如故的大美。

广州民谣唱道：

广州凉茶满街巷，
王老吉来三虎堂。
更有神农癍痧茶，
二十四味中药藏。
王老吉，王老吉，
四时感冒最使得，
饮一茶粒最止咳……

王老吉，大名王泽邦，乳名阿吉，因为人亲切和善，街坊都叫他阿吉，岁数渐长，便被人叫成王老吉了。王老吉是广东鹤山人氏，生于清末道光年间（年份不详），于1883年辞世。

| 第六章 |
百姓的健康最重要

广东鹤山，在广东中南部，四季如春，山地平野，茶桑稻田，是个宜居的好地方。

据说，王老吉家里经营茶山，日子还过得去。王老吉读过两年私塾，便随父亲管理茶山。茶山上建有茶寮（看护茶山的小屋），王老吉经常住在茶寮中，一边采茶看山，一边研读医书，对各种药草植物颇为熟悉，经常将一些药草煲汤，送给邻居，被人称道。

南方湿热，常有疫病流行。民间传说，某一年一场大疫横扫广东，王老吉得一道士偏方，来到广府（广州）为人治疫，很快消除了疫症，被人称为岭南药侠，被召进皇宫，封为太医院令……此说只能是民间传说了，太医院令，是元朝官职，相当于五品官员，类似现代的正厅级干部。王老吉得此官职，享受皇家俸禄，就不用卖凉茶了。

《广州西关古仔》记载，19世纪初，广东鹤山人王泽邦从一位搭救他的神秘道长处获赠凉茶秘方。清道光八年（1828），王泽邦到广州十三行靖远街开铺售卖"吉叔"凉茶，声望日隆……这个就较靠谱了。

凉茶，是广东特产，2006年被列为国家非物质文化遗产名录。

凉茶不是茶，是将汤药放凉了，当成茶饮。

据说，商朝建国者成汤，为了强健士兵身体，治未病，常将一些草药煎汤让士兵服用，中国这才传下"汤药"一说。

广东人继承了这一传统文化，常有人将治各种病的中草药煎汤在街上售卖，时人根据自身情况，选择饮用。"汤"在古代泛指热水，广东天热，人们将煎好的药汤放凉了售卖，这才有了"凉茶"一说……截至新中国成立前，广州凉茶品牌多达30余家，其中，以王老吉凉茶最为著名。

让王老吉凉茶声名大振的是林则徐。

1838年，湖广总督林则徐奉旨南下禁烟（即毒品鸦片），入粤后终日奔波，感邪中暑，问遍名医无果，病情反而加重。林则徐眼看着就要打道回朝，一随员打听到王泽邦的凉茶治感冒中暑出名，就为林则徐买回凉茶。林则徐喝了几次，药到病除。

林则徐深感凉茶神奇，登门答谢。

林则徐问:"凉茶所煎何物?"

王老吉据实回答,不过"三花三草一叶"罢了,也就是菊花、金银花、鸡蛋花,以及甘草、仙草、夏枯草和布渣叶,另外,还有几味小药搭配,都不是什么名药。

林则徐听了点点头道:"人分贵贱,草药岂能分贵贱?能治病的草药都是好草药。"

林则徐打听完治病的草药,又问起王泽邦的姓名,问后道:"你姓王,大号王泽邦,小名阿吉,为人行医老老实实,药廉效佳,你的凉茶今后就叫'王老吉'好了。"

林则徐回去后,差人送来一个大铜葫芦,上面刻有林则徐亲自题写的"王老吉"三个大字。

自此,"王老吉"正式成为"王老吉凉茶"的招牌。

林则徐帮着这一命名题名,奠定了王老吉凉茶在"凉茶"中的不朽地位。

王泽邦1883年辞世,他的后人继续经营王老吉凉茶,将王老吉凉茶在广州经营得风生水起。清末时,广州王老吉凉茶铺已达上百家,甚至,还将"三花三草一叶"制成凉茶包,被人带到全国各地。

凉茶包,就是汤药包,将未煎制的王老吉凉茶的各种草药按比例搭配在一起,包成药包,客人带走自行煎制。

北洋水师名将邓世昌就是王老吉凉茶的拥趸。

邓世昌是广府人,自小接触王老吉凉茶,就是当兵出征,也要带上一些王老吉凉茶包。

1888年,北洋水师正式成军,邓世昌任中军中营副将,兼"致远"舰管带。为了尽快提高战斗力,他刻苦钻研海军战略战术理论,注意学习西方海军的先进技术和经验,要求水兵刻苦练习,务求每一个动作都要做到规范、准确。

邓世昌训练严格,但更关心士兵的身体健康。

1889年夏天的一个早上,邓世昌带领"致远"号迎着朝阳出海训练,因前两天舰上补充了5名新水兵，所以这天只安排他们在舰上看看、走走。训练中老水兵们个个生龙活虎，新兵们再也坐不下去了，在老兵的带领下也认真地训练起来。

本来，山东威海的夏天并不是很热，可是在海上就是另一回事了。那时没有雾霾一说，大太阳明晃晃地照着，无遮无拦，不到中午，反光吸热的船甲板就像烧热的大铁锅一样……几个新兵个个满身大汗、脸色发白、大口喘气，全都不行了。

在广东出生，有过多次中暑经验的邓世昌一看，知道这几个新兵是中暑了。

邓世昌安排中暑的士兵回舱休息，吩咐伙房拿王老吉凉茶给他们喝，过了不久，几个人就慢慢缓过气来了。

邓世昌对王老吉凉茶感情深厚，当上官后更是叫人从广东运来大量王老吉凉茶包，自己和士兵一起喝。

刚入伍的士兵中暑，喝一碗王老吉凉茶，身体复原，这神奇的效果让那些平时不太留意凉茶的官兵，也都喝起了王老吉凉茶。

1881年11月，邓世昌跟随丁汝昌带领200余人到英国接"扬威""超勇"二舰，船上有好茶和咖啡，邓世昌只喝王老吉凉茶。

1887年春季，邓世昌又带人去英、德接"致远""靖远""经远""来远"四舰，回国时遇上印度洋酷暑。好在邓世昌早有准备，出国时带了大量王老吉凉茶，在船上煮起凉茶，四舰航行在炎炎烈日中，官兵们挥汗如雨，却没有一个中暑的……邓世昌安全接回四舰，不仅保证了战舰完好无损，更保证了官兵们的健康，获得朝廷嘉奖。

"驶船如驶马，鸣炮如鸣镝，无不洞合机宜"，邓世昌带领的"致远"舰，在北洋水师中整训有素，成为最有战斗力的主力战舰，这里，还有王老吉的一份功劳呢。

近代中国文化名人梁启超也和王老吉凉茶有过接触。

梁启超也是广府人，作为土生土长的广州人，哪有没喝过凉茶的？

话说一天，梁启超琢磨变法，写书上火，又上街去买凉茶。

在凉茶店，梁启超遇到了一个如花似玉的中年妇女，还带着她十八九岁的儿子。

梁启超平时出入街巷，也见过这个女人，但也只是熟识到点头的情分，没想到，这个妇人在凉茶店却是专等梁启超的。

妇人知道梁启超大名，而且，还听说他不日要上京变法，这才等在凉茶店里。

妇人请梁启超喝凉茶，边喝边讲了所求之事。

妇人姓赖，原名赖红姑，广西人。赖红姑少女时代就参加了太平天国，因会些武功，在太平天国任女兵团练。太平天国兵败，赖红姑被清军擒获，清军将领董福祥垂涎她的美貌，没有杀她，强逼赖红姑成亲。赖红姑怀上孩子后，伺机逃脱。

赖红姑逃到广州，改名赖淑兰，生下儿子起名董义和。

赖红姑眼见太平天国风云飘散，儿子年岁渐大，知道他父亲董福祥官升甘肃提督，又是慈禧的随扈大臣，便产生了让儿子认父归宗的想法。

赖红姑知道梁启超过几天要进京，便带着儿子等在这里，想托梁启超带上儿子董义和进京认父。

梁启超听了赖红姑的讲述，欣然应允。

董义和出发前，赖红姑怕儿子路上上火，包了很多王老吉凉茶包让他带在路上喝。

董义和随梁启超到了北京，一时间没有机会见到父亲，便帮助康有为、梁启超变法。

戊戌变法失败，康有为、梁启超逃亡海外，董义和流落民间，知道他父亲正奉慈禧之命帮助义和团抗击洋人，便参加了义和团。

不久，八国联军进入北京，董福祥保护慈禧母子西狩逃难去了，京城四处又在抓捕义和团，他便到船上打工，随船去了日本。在日本无以为业，他便以卖王老吉凉茶为生。

梁启超逃到海外，游历欧美多国，念念不忘王老吉凉茶，在其《新大陆游记》中提到："西人有喜用华医者，故此业足以致富。有所谓王老吉凉茶，在广东每帖铜钱两文，售诸西人或五元或十元美金不等。"当时的美国，普通工人一年收入也才三四百美金。梁启超这一番海外"艳遇"不打紧，却着实证明王老吉凉茶当时在国外，被当成了一种保健奢侈品。

董义和在日本东京卖王老吉凉茶维持生活，没料到，却因为凉茶，结识到了一位贵人。

此时，孙中山在日本策动推翻清朝革命，一天，听人说东京有人卖王老吉凉茶，觉得新鲜，被撩起无限乡愁，即去寻访。

这时董义和已改名单焘。两个青年人一见如故，谈得很投机，忧国忧民的情怀使他们相见恨晚。

此后在密切的交往中，孙中山不断地向董义和灌输三民主义思想，使之很快就成为资产阶级革命派，并于1909年加入同盟会。后来董义和跟随孙中山周游列国，为革命筹款。

孙中山去世后，董义和隐居日本，直至去世。

20世纪20年代，以"三花三草一叶"为配方的王老吉已经是家喻户晓的凉茶，在民间就有"王老吉，称第一，解热气，防百疾"的民谣。

1925年，王老吉凉茶参加英国伦敦展览会，成为中国最早走向世界的中华民族的品牌之一。

1935年，王老吉第四代曾孙王远珍将王老吉商标在中华民国注册。

1956年，经社会主义改造，王老吉凉茶和广州几家私营制药企业合并为王老吉联合制药厂，注册人依然为王远珍，后来，王老吉联合制药厂几经改名，最后合并进广药集团。

…………

四　广药的创新基因

半为慈善半营生

很多人以为广药生产的都是中药，广药集团就是中药集团，其实错了。广药集团不仅生产中成药，更生产西药，而且生产中国受众最普遍、产量最高的西药。

2020年，广药集团何济公制药厂一年生产、销售何济公牌阿咖酚散30亿包？对，你没有看错，是30亿包。

30亿包是什么概念？以中国现在14亿人口计算，每人平均两包多。

这么多阿咖酚散都让谁吃了？在此，我们且留个悬念。

——何济公，何济公，止痛唔使五分钟……

——发烧发热唔使怕，何济公止痛顶呱呱……

二十世纪三四十年代的广州，无论是清凉的雨后，还是在寒风瑟瑟的街头，人们常常能听到这样悠扬、清脆的童谣，一声声，一句句，似乎蘸了蜜糖，在人们的耳际响着，在人们的心里滚着……每每听到，即使生活有太多的不如意，有太多的沉重，都能被一一抚平。

那是犁田的老阿婆，在泥水中抬起佝偻的腰，从怀里掏出一包小药吞进嘴里苦涩中的甜蜜；那是蹲在街边吸着水烟管的老阿公，从兜里掏出一包小药吃进嘴中舒泰的笑容；那是老板出门经商，老婆的最后一句叮咛"你带何济公了吗"；那是母亲看到孩子满脸潮红，马上命令，赶紧去食何济公……

——何济公，何济公，发烧发热唔使怕，何济公止痛顶呱呱……

第六章
百姓的健康最重要

何济公，一座城市的记忆，一座城市的品牌。

何济公，何济公，有病的吃，没病的吃，有钱的吃，没钱的吃，老人吃，细崽（小孩）吃……何济公，何济公，老广心里的活济公。

何济公是什么？何济公是一包只卖一分钱的小药，何济公记录了一个人的善行。

何济公的创始人叫何福庆。

何福庆，广东南海人。历史上的广东南海，一说就是现在广园路上的王圣堂村。何福庆生于1909年，卒年不详，其后人亦不详。但是，他创造的何济公品牌，却一直活着，他研制的止痛散，至今仍在被人们使用。

据零散资料记载，何福庆生于一个贫苦家庭，兄妹九人，他排行老八。幸得当年陈济棠治粤"重视教育"，何福庆读过八年书，毕业后去到武汉打工，待稍有积蓄，和人在武汉合伙开办了一家广东药行，卖一些中成药和西药，也卖丝绸和香烟……从这些卖的东西看，所谓"药行"，无非就是一个小档口。

25岁时，何福庆回家完婚。婚后为了生计在广州河南（珠江）鹤洲开办了何济公药房。

济公，中国人耳熟能详，是一位急公好义，又懂医药救人于危难的大和尚，民间关于他的故事很多人都能讲上一些。也许，何福庆正是细崽时听过济公的故事，将卖药和行善合在一起，再加上自己的姓，便成了他药房的名字。

何济公，老广读出来，就成了"活济公"。

后人总结何福庆创办何济公药房的成功原因，有以下两点：一、勇于创新，在当时中药占据市场主要份额时，何福庆用西药配制出了马上见效的灭痛星（解热止痛散、阿咖酚散）；二、标新立异，善于运用广告推销产品。

笔者在研究何济公的成功时，还有第三点——赋予这一行当中的善行，这才是何济公品牌的灵魂所在，也是广药多年来践行的传统。

先说第一点，勇于创新。

清末民初，大量外国人涌入中国，上海成了十里洋场，广东成了通商口岸……随着大量外国人涌入，西药也跟着进入到中国，但是，当时中国人却很少吃西药：一是多年来受传统中药的影响，不相信西药；二是西药价格高昂，一般人吃不起。

西药被中国人逐渐接受，有一个人功不可没，这个人叫顾松泉。

顾松泉是上海人，自幼学习英文，十三岁到英国人开办的药房当实习生。经过多年学习，顾松泉掌握了制剂技术和营销经验。面对外国人垄断的西药市场，顾松泉辞去英国药房职务，于清光绪十四年（1888），和友人徐亦庄等人创办上海第一家民族资本药房。他们将"中西"二字作为商标，开始大规模生产西药，如此，才将西药价格降下来了，也渐渐被国人接受。

顾松泉先生创办的"中西"品牌一直保留至今，成为今天上海的中西制药厂。

何福庆在汉口经商，正逢西药大举进入武汉。

何福庆的广东药房，也经营许多西药。

当时，一个故事流传甚广，说德国化学家霍夫曼，在十一天内发明了两种药，一种叫海洛因，一种叫阿司匹林。霍夫曼研究出来的药物经过德国拜耳公司试验，认为海洛因无毒无副作用，效果最好；阿司匹林效果不佳，差点没把它扔掉……但是，由于后来海洛因臭名昭著，受其影响，霍夫曼在孤独中死去，倒是阿司匹林，一直流传至今。

何福庆读过书，有知识，受霍夫曼故事的启发，也开始研究西药，最后他选择了对治疗感冒有一定效果的阿司匹林，又选择了治感冒发烧见效快但毒性大的非那西丁，再加上能兴奋神经的咖啡因，将三种西药原料，经过比对、合成，生产出了灭痛星。

三种药原料都很便宜，这一重新合成，效果比阿司匹林见效快，又减少了非那西丁的毒性，再加上咖啡因的兴奋作用，人们感冒发烧后，吃下去马上神清气爽。

原料便宜，效果奇佳，何福庆将药的价格定得也最低，半为慈善半营生，正是何福庆的品格所在。

"企业"一词是日本人创造的，对企业的定义就是以营利为目的，有独立法人的经营主体。让企业不赚钱是不可能的，但赚多赚少，全在于独立法人的品格所在。

何福庆1938年研制成功灭痛星，当时售价合现在人民币5厘钱一包。5厘钱，无论是在旧社会还是在新社会，都是最亲民的价格。

广药集团何济公制药，一直恪守着何福庆的遗训，直至现在，价格就没怎么涨过。新中国成立初期，阿咖酚散（灭痛星）卖2分钱一包，现在1角2分钱一包。

何济公制药厂厂长廖文春给笔者算过一笔账，在原材料价格大举上涨的情况下，一包药印刷包装费用就要3分钱，每包药原料5分钱，两样合在一起成本就达到了7分钱，即使机械化流水线生产，还有电钱呢，还有场地人工费呢，还有销售运输费呢……实际上，现在的何济公制药生产的阿咖酚散，几乎就不赚钱。

一年生产30亿包又怎样？就是生产300亿包也赚不到什么钱。

那为什么不涨价呢，为什么还生产呢？

廖文春厂长说："我们坚持不涨价，继承的就是何福庆的情怀——半为慈善半营生。也许，当年他卖一包药，可能还有一厘钱半厘钱的营生，我们今天的生产，连营生都没有了，做的就是慈善。人民有需要，我们就生产，这就是药企的社会责任。当然，我们也不是什么药都卖这么便宜，我们还有国家的各种利税要交，还有工人的工资要发，这个药赔钱，在那个药上赚一点儿也就是了。"

笔者曾调查广州几家药店，阿咖酚散除了广药连锁的采芝林、健民药店能买到，其他药店均没有售卖的。

笔者问服务员，他们也知道这个药，为何不卖呢？服务员见笔者拿着刚掐灭的香烟，笑道："你吸一支最便宜的香烟也要5角钱，一包药卖1角2分钱，去掉进货的一角钱，2分钱利润，你让我们怎么卖呢？你现在还能看到2分钱的钞票吗？"

那30亿包阿咖酚散都卖到哪儿了？

广药集团何济公制药有销售数据，该药主要销售到长江以南地区，长江以南地区又以老穷边区为主……看来，它确实是穷人的药，是人民大众的药。

有好药，还要有好的经营。

何福庆把灭痛星生产出来了，价格压到最低，但怎么卖还是需要动脑筋的。

何福庆经过商，知道商品吆喝的重要性，其实就是做广告的重要性。

何福庆要广而告之。

历史上，但凡有商业的地方，就一定有广告。简单的，多以实物代替，卖白菜的，车上摆一棵白菜；卖西瓜的，地上摆一西瓜；有的实在找不到相似的实物，如卖人，便只好在人后背插上一把草了……这些都是最简单的广告。上些层次的，便要写上字了，如北宋年间张择端画的《清明上河图》，画面上便有许多灯箱广告，"脚店""孙羊""香醪"……这种灯箱广告至今还在日本、韩国流传。

和《清明上河图》广告大有一比的，是大学士苏东坡为儋州一家"馓子店"写的广告。

当年，苏东坡被贬儋州，常去一家馓子店吃馓子。馓子，也称寒食，过去寒食节人们要禁火三天，便提前用面搓成细条油炸出酥脆的食品，以备寒食节充饥。后来，因这种食品油香脆美，不是寒食节人们也炸来吃了。老板娘见这位大长脸、满脸大胡子的人就是传说中的苏东坡，非求苏东坡给馓子店写一首诗不可。苏东坡挥毫写道：

纤手搓来玉色匀，
碧油煎出嫩黄深。
夜来春睡知轻重，
压扁佳人缠臂金。

一首诗，将制作馓子的过程和馓子的酥脆写得活灵活现，乡人听到后，都来到馓子店吃着馓子观看诗书杰作，馓子店生意兴隆。

改革开放后,各种广告铺天盖地,甚至,过去多少年了,有些广告还让人耳熟能详:"××舞,××舞,一曲歌来一片情""大家好,才是真的好""妈妈再也不用担心我的学习了""爱生活,爱××""牙好,胃口就好""今年过年不收礼呀,收礼只收×××"……相对于现代商品广告的喧嚣,尘封多年何济公的广告策划人何福庆笑了——

何福庆为了自己的产品,所做的广告无所不用其极:

一是招聘广告业务员。何福庆招聘了许多广告业务员,将广州分成五大片区,建了五大办事处。广告员除了发传单,还组织表演节目,"出江者"(表现优异者)被选为办事处经理。同时,何福庆还跟踪调查,查看广告的发放情况,时不时还请这些广告业务员大吃大喝一顿……

二是大刷灰浆广告。但凡有人的地方,但凡人家许可或花钱买得到的墙面,都刷上了"灭痛星"三字,有的甚至直接刷在厕所上或厕所的门口对面,对此,何福庆解释是因为没有不上厕所的人。

三是雇用儿童用儿歌演唱何济公广告。据说,有一个小孩儿来何济公的广告办事处找活做。何福庆见其正是上学年纪,问小孩子愿不愿意上学。小孩说愿意上学,但家里没钱。何福庆对小孩说:"这样吧,我帮你交学费,你白天上学,晚上沿着街头唱些儿歌,就算你上班了。"

小孩自是愿意。

经何福庆一番教导,小孩学会了儿歌:"何济公,何济公,发烧发热唔使怕,何济公止痛顶呱呱……"

小孩儿白天上学,晚上出门演唱。

渐渐地,满城小孩子都唱起了何济公。那场面,比"今天你喝了没有"还普及,比"今年过节不收礼呀"还烦人,不过,却也达到了效果:人们得了小病小灾,马上想到了何济公;没有小病小灾,也会想到何济公——灭痛星里毕竟含有咖啡因,就像茶叶、咖啡一样,会让人产生依赖性,但并非毒品。

何福庆做得最绝的一次广告是到武汉推销何济公。

1946年的一天,汉口《新湖北日报》整版登出一行字:"广州飞来何济公。"

何济公是谁？一时人们议论纷纷。有些见识的人道，一定是个大人物。"公"字除了公平、公正、公家外，还是尊称，如春秋战国诸侯，统称为"公"，广东人称爷爷也叫公——阿公……何济公又是谁呢？

第二天，报纸同一版面又登出一行字："止痛唔使（不用）五分钟。"

这一句，更让人莫名其妙。

第三天，答案来了："灭痛星——止痛散，由广州何济公药行制造的灭痛星刚用飞机运到……"大家看了哑然失笑。

何福庆创造的广告营销案例，一直被广告界当作经典案例。

何济公制药，慈善也罢，广告营销也好，其目的只有一个，就是让大家都能吃得起药。

无论是在新中国成立前那纷乱的岁月，还是新中国成立后的和平年代，何济公的精神就像一座石碑，牢牢矗立在每一个何济公人的心里。

——也因此，何济公制药能诞生向秀丽那样的英雄。

——也因此，何济公制药宁可一分钱不赚，也坚持阿咖酚散不涨价。

——也因此，广药白云山向秀丽·雷锋服务队已多达30余支，成为广药集团回馈社会、服务大众的一个爱心团队。

所谓大爱无疆。

何福庆制药售药"半为慈善半营生"是爱；向秀丽舍身救厂是爱；雷锋在平凡的工作中助人为乐是爱；广药坚持传统，绝不提高灭痛星（阿咖酚散）价格也是爱……

爱和爱汇聚一起，便是大爱。

何济公制药，从抗日战争时期上市，历经80多年历史变迁，一直走到今天，堪称中国化学合成药的"活化石"。

有活化石在先，新产品也在不断涌现，组成集群反应——"白云山"牌风油精、"701"跌打镇痛膏、复方醋酸地塞米松乳膏等，这些药市场价格都不高，都是家庭常用药，半为慈善半营生，正是何福庆的精神所在，也是现代何济公制药的精神所在。

金戈铁马，气吞万里如虎

传承与创新，是社会发展的动力。

没有传承，社会就失去了本源；缺少创新，社会就会走向故步自封。

当原始人从山洞中直起腰来，手捧一柄磨得锃光瓦亮的石器，以此来应对洞外的狼虫虎豹，他的那柄石器在当时就是伟大的发明创造；当我们今天还拿着那柄石器去砍树伐枝，我们就成了原始人。

在《本草纲目》产生之前，便有《神农本草经》《唐本草》《宋本草》等医学著作上千部，李时珍经过实际走访、调查、辨认、订正，以一生之力，写出52卷、200余万字、附图1100多幅、收药1892种、附方11000余的著作，并使之成为我国500年来医药第一书，地位登峰造极。但是，对《本草纲目》参考、学习、借鉴可以，今天你还要照搬、照抄，就是食古不化，就是抱残守缺了……因为很多药，以现代医学仪器检测，实际疗效并非如此。

诺贝尔奖得主斐尔德·穆拉德博士从20世纪80年代就研究中草药，将《本草纲目》奉为经典。通过研究实验，他说："一系列实验证明，很多中草药的确可以调节人体内的一氧化氮指标，起到促进人体全身血液循环的作用和预防动脉老化僵硬、降低血液黏稠度等作用。"但是，研究实验中，他也发现："《本草纲目》的确有许多没有太大药效的植物……最可怕的，是现在还有许多中国人在相信。"

斐尔德·穆拉德博士没有说错，李时珍编写《本草纲目》时，一是总结前人经验，二是走访当地百姓，对于每一种植物的认识，还只局限在经验的基础上。如果当时有现代化检验仪器，也许就是另一种结果了，斐尔德·穆拉德博士的研究，正是对《本草纲目》的补充、完善。

这就是认识过程的提高。

广药大家庭中，融合了几十家老品牌、老厂，这些老品牌、老厂能在如林的市场竞争中，从百十年前甚至几百年前一直走下来，一是传承，二是创新。传承，吸纳祖先的精髓；创新，不断改革加以细化。从陈李济首创蜡丸包装、王老吉成凉茶始祖、潘高寿从铁锅熬药到现在现代化智能化加工、何福庆阿咖酚散的再配伍……这一切都是传承与创新的结果。

2012年，广药白云山制药生产出枸橼酸西地那非片，不仅是创新，更是一次革命。

枸橼酸西地那非片，简称西地那非片，中文名金戈。

"金戈"一词，取自宋代诗人辛弃疾的《永遇乐·京口北固亭怀古》"金戈铁马，气吞万里如虎"诗意。辛弃疾在这首词中，凭吊了当年孙权、刘裕北伐的快意，也写出了自己离开北方四十三年的失落。广药有高人，能细致品味出这首词的意境，以"金戈"二字来命名西地那非片，恰如其意。

西地那非片也好，金戈也罢，是治什么病的药？

英文有词缩写成两个字母叫"ED"，翻译成中文就是性功能障碍。这是一个让男人说不出口，却又不能不面对的话题。正如辛弃疾所写："四十三年，望中犹记，烽火扬州路。"辛弃疾写的是战争，但用到一个男人身上，那种对以前浩荡雄风的回忆，以至于四十三年后的失落，又相差多少呢？

据现代医学不完全统计，男人过了45岁，患ED的比例不小，而且随着人们生活压力的加大，比例逐年都在上升。

中国人很聪明，将"精"与"神"合在一起，造出"精神"一词，细品味，方知其中妙处——有精才有神。字典里，和"精"沾边的词语数不胜数，聚精会神、精力充沛、勇猛精进、殚精竭虑、无精打采……这些词都是形容精神的，更说明"精"对一个人，尤其是对一个男人的重要性。

一个男人患了ED，不仅仅失去了"性福"，也说明整个身体都处于亚健康状态，只能"可堪回首，佛狸祠下，一片神鸦社鼓"了。

中医壮阳的药物很多，如杜仲、锁阳、附子、肉桂、鹿茸、牛膝、韭菜籽、淫羊藿等，甚至吃啥补啥，各种动物生殖器也摆上了台面，但是，作为养生、调理，这些药有一定效果，如果想马上解决问题，那就差远了。

说广药金戈的研制生产，是广药的一次革命，而斐尔德·穆拉德博士对一氧化氮的研究，更是世界的一次革命。

斐尔德·穆拉德，美国人。他1936年出生于美国印第安纳州，是哲学和医学双料博士，得克萨斯休斯敦大学医学教授。他因为发现一氧化氮能促进心血管扩张而获得1998年诺贝尔医学或生理学奖，他的研究直接导致了伟哥的发明。因此，斐尔德·穆拉德被称为"伟哥之父"。

科学的发现往往都是偶然的，但往往这种"偶然"又是留给有准备的人，成为"必然"。

讲起来，这里面还有一个漫长的故事。

1847年，意大利化学家苏布雷罗在进行研究时，将浓硝酸和浓硫酸滴入甘油中，待提纯时引起爆炸。当时，苏布雷罗只是把这作为一次意外，并没有往深里研究。

1866年，瑞典化学家诺贝尔继续苏布雷罗的研究，经过无数次爆炸，发明了可控炸药，也称硝酸甘油炸药。

硝酸甘油是炸药的主要原料。

19世纪中叶，正当欧洲各国都在用硝酸甘油配制炸药时，英国一家炸药厂有位身强力壮的工人死了。家属告到法院，认为这位工人是在生产炸药时吸入有毒的粉尘而死。专家进行检测，工厂里确实有大量粉尘，但都是硝酸甘油粉尘。但是，硝酸甘油并没有毒，工人怎么会死呢？经过解剖，发现这位工人患有严重的冠心病，动脉、静脉都快堵死了，按照病情发展程度，其实早都该死了，可为什么还活到现在呢？专家再次化验硝酸甘油，发现硝酸甘油能扩张血管。这位工人正是因为在有硝酸甘油粉尘的工厂里工作才能活到现在，而他家里缺少硝酸甘油，这才让他死在了家里……专家的这一发现，由此改写了冠心病患者的命运。

——此后一百余年，硝酸甘油一直是冠心病患者扩张血管的良药，很多冠心病患者随时都携带着硝酸甘油，犯病时，舌下含一粒硝酸甘油。这一发现，救了无数冠心病患者的生命。

但是，硝酸甘油为何能扩充血管呢？此后一百余年，并没有人进行深入研究。

1997年，斐尔德·穆拉德博士对硝酸甘油进行研究。

穆拉德在研究中发现，硝酸甘油在稀释时能释放出一氧化氮气体，这种气体能够松弛血管平滑肌。这一发现让他激动不已，他推测人身体内许多内源性物质如激素等都是通过一氧化氮而起作用的。

推测毕竟是推测，最后斐尔德·穆拉德和两位医学博士合作，经过数次试验，终于弄清了其中所含的原理。

1998年，在诺贝尔逝世纪念日那一天，三位博士一同获得了诺贝尔医学或生理学奖。

就在斐尔德·穆拉德获得诺贝尔奖这一年，美国辉瑞制药买断了他们的发明专利，西地那非（伟哥）投产上市。

伟哥对ED有效，但是，其高昂的价格，并不是所有男人都能承受的。

2012年1月1日，一条轰动性新闻登上各大媒体头条——"伟哥"之父斐尔德·穆拉德博士被聘为广药研究总院院长，为中药走向世界再添重量级"筹码"。

穆拉德在西药行业浸淫了几十年，怎么会牵手具有浓厚中药背景的广药呢？

说起来也是缘分。

20世纪80年代，穆拉德有位同事的太太患了乳腺癌，在香港用中药治疗很有效果，这引起了穆拉德的注意。

1988年到1990年，斐尔德·穆拉德博士连续3年在香港中文大学访问讲学，着手研究中药，目睹了中医药独特的疗效，萌生了研发现代中医药的念头。

2011年，广药集团向他抛出橄榄枝，穆拉德马上接受了邀请——担任广药研究总院院长。

穆拉德不负广药所托，2013年，带领广药研究团队经过深入细致的研究，按照中国人的身体特征，研究配制出了枸橼酸西地那非片（金戈），同时，完全利用中草药提炼出一氧化氮，配制成中药伟哥"铁玛"。

2014年，广药"金戈""铁玛"经过六期临床以及双盲、单盲试验，被国家食品药品监督管理总局批准上市，一举打破了"伟哥"垄断国际ED治疗药物市场的局面。

广药以济世为民的传统，以亲民的价格，以伟哥同样的药效，在中国大地上掀起一场治疗ED的风暴。

2020年，广药"金戈"销售收入达到8.32亿元，比2019年增长10%，成为广药大南药板块中营收排名第二的药品。专家推测，未来金戈有望成为广药白云山制药的支柱产品之一。

——金戈铁马，气吞万里如虎。

写到这里，笔者有个故事和大家分享。

刘女士，化学博士；刘女士的爱人，IT工程师。两人可谓天生的一对、地设的一双，但是，结婚五年后，却走到了离婚的边缘……父母强拢，朋友相劝，问起原因，讷口不言。按一般推测，夫妻分手，一定有一方出轨，细致观察，刘女士性格沉稳，她爱人更是大家"闺男"。有人细致做工作，几次三番，夫妻这才道出欲分手原因——

刘女士说，他"那个"不行；

刘女士爱人说，"那个"当吃当喝？

细致工作者一听乐了，小事一桩，马上给刘女士爱人送上一盒"金戈"，两人和好如初。

"性"除了能联系夫妻关系，对一个健康的个体来说，更是不可或缺的。老祖宗很智慧，造词时将"性"与"命"合在一起，成为"性命"一词，"性"与"命"息息相关。

性是支撑一切创造力的基础之一。

目前，广药集团拥有诺贝尔奖得主3人、国内院士专家和国医大师16人、博士及博士后超百人的强大科研队伍，拥有国家级研发机构达9家……

从中国制造到中国智造，广药走出了一条探索之路、创新之路，更走出一条惠民之路。

五　传承与创新

他，左手传承守护，托起麾下12家中华老字号、10家百年老厂、11家新兴企业，让中华文化脉息得以传扬；他，右手创新研发，从治疗到预防，打响了"广药制造"的民族品牌，将广药集团带入到千亿俱乐部，创下连年增速20%的经济奇迹，多年蝉联中国医药工业百强排行榜冠军……

——他，就是广药集团党委书记、董事长李楚源。

敢打敢拼，毛遂自荐

1965年10月，李楚源出生于汕头。潮汕人以吃苦耐劳、热情爽朗、敢打敢拼著称，李楚源继承了潮汕人的这些特点，无论是在大学校园，还是后来成为广药集团这艘航船的掌舵大佬，每一个接触过李楚源的人，都有过这样的评价：李总热情朴素，敢打敢拼，很有个性。

李楚源中学毕业后，考取了中山大学化学系。大学毕业后，因成绩优异，他被学校保送攻读研究生学位。同时，学校实行人性化管理，提出保送的研究生可以直接入学，也可以到社会上工作两年，回来再读……李楚源感谢学校的决定，因为家里经济状况也确实紧张，只能选择先就业，再读研。

毕业前夕，同学们讨论最多的是到哪里求职。

作为化学系的学子，当时大家最大的愿望就是能去白云山制药厂，因为在大家眼里，白云山制药厂就是一个传奇。

白云山制药厂，作为改革开放的先行者，所创下的丰功伟绩，确实让人击节称叹。

有人说，群众创造了历史；有人说，英雄创造了历史。其实，创造历史的功绩中，英雄与群众一个都不能少：没有群众，英雄成了无本之木；没有了英雄，群众就成了一盘散沙。同时，还有环境与时代的因素，种种因素集在一起，这才能造就一个创造历史的英雄。

贝兆汉，就是这样一位英雄。

——是他，将白云山下一个破败的制药车间变成一家药厂；是他，以这家药厂拉动广州制药业；是他，策动广药这艘航母扬帆起航。

有人说，没有贝兆汉就没有广药。

话说得有些绝对，但在特定的历史时刻，一个特殊人物的出现，确实能改写历史。

贝兆汉，广东揭西人，1940年生。

1976年，贝兆汉任广州白云山农场党支部书记，带领一帮下乡知青在白云山下战天斗地。

有一天，贝兆汉在白云山下闲逛，看到一栋东倒西歪的厂房，进去一看，是一个废弃的药厂车间。贝兆汉走进车间里，看着破败的车间开始琢磨，他的白云山农场如果有家制药厂，这些孩子（知青）就不用天天踩着烂泥在稻田里薅草了。

回去后，贝兆汉几经打听，找到那家药厂的负责人，用极低的价格将这个制药车间买了下来，带领青年们一收拾，就要生产中成药了。

有人质疑："人家专业药厂都搞不好，你一个农场就能搞好？"

贝兆汉不服气："几千年来，中国的药不都是一家家小作坊生产出来的吗？现在，我们一个大农场有啥生产不出来的？"

贝兆汉找到上级要政策：一要独立的人事权，二要财政权。独立的人事权就是用谁不用谁归他说了算。财政权就是农场跟上级承包定额利润，完成定额的部分80%上交，20%留给农场；如果超额完成定额，利润30%用于药厂发展，40%作为农场员工福利。

贝兆汉提出的条件在当年的大背景下可谓"破天荒"，没想到，上级却"破天荒"地批准了。

1976年，计划经济仍是国民经济的命脉，这一年，整个广州的地区生产总值只有40亿元。44年后（2020年），一个广药集团就是1976年广州地区生产总值的27倍还多，即使去掉物价上涨因素，现在的一个广药集团，就顶当年十几个广州的地区生产总值了……可见，当时想恢复经济的心态，不仅贝兆汉有，上级也同样有。

——贫穷不是社会主义。

邓小平的这句话，永远都是真理。

贝兆汉聘请技术人员，带领一群知识青年，将药生产出来了，但是，销售却成了问题。

计划经济就是统购统销，没有国家计划流通渠道，只能自己偷偷摸摸去卖了。

贝兆汉鼓励推销人员："不用怕，我们是集体企业，钱只要不落入个人腰包，就不算投机倒把；就是出事了，还有我顶着。"

贝兆汉采取奖励政策：每个人只要推销够了预定数额，就奖励一台彩色电视机；同时，对接货单位也是如此——只要接收了预定数额的他们的药，也奖励一台彩色电视机。

当时，彩色电视机通过一些渠道刚刚进入中国，不管是单位还是个人家，能摆上一台大彩电，那可是光芒四射呀。

销售员背着白云山农场生产的中成药，拿着白云山农场的介绍信，从广州大小药店一路推销下去，然后走村进乡，为白云山农场生产的中成药"找婆家"……当时虽然统购统销，但是，一些单位很有创造力，总能找到付款渠道。

白云山农场制药虽然小打小闹、偷偷摸摸，却让大家都尝到了甜头，大家齐心协力，苦干两年，终于迎来了改革开放。

1978年，白云山制药厂正式挂牌成立。

贝兆汉建立了白云山制药厂后，在人才起用、分配制度上，都显示了充分的改革精神。白云山制药厂生产或仿制的药品源源不断地流向市场，钱也源源不断地流回来了。

1983年，白云山制药厂率先引进德国化学药品生产线，当时，这在全国各大药厂都是最先进的。

1984年，国务院总理亲临白云山制药厂，详细听了贝兆汉的改革汇报，对他率先进入市场、引领大家改革开放的精神给予了充分肯定。

贝兆汉名字如日中天，反过来助推了改革。

1988年，白云山制药总厂成立，其综合指标全国排名第一。

....

这样的好企业，自然是学子们向往的所在，但是，如何才能应聘到白云山制药厂呢？这又成了大家的难题。

李楚源经过一番思索后，决定毛遂自荐，他要和这位改革开放的风云大佬——贝兆汉面谈。

李楚源经过一番准备，一大早就去了白云山制药厂，一番打听后，知道贝兆汉正在开会。

李楚源拿着应聘文件袋，只能坐在门外等候。

当时的白云山制药厂，在贝兆汉领导下，建得像个大花园，一栋栋整洁干净的楼房掩映在绿树丛中，凤凰树开得如火如荼，黄槐花落英缤纷，更有那铺得平整宽广的大草坪，让人感受到了什么才叫花园制药……坐在这里，呼吸的每一口空气都是甜的。

李楚源心想，如果能来到这样的药厂工作，真是此生的福气。

工人下班了，厂领导下班了，但并没有看见贝兆汉的身影——那个李楚源在电视和报纸上看过无数次的身影。

他向人打听才知道，原来贝兆汉开完会从后门走了。

李楚源不服气，下午又去白云山制药厂等候，结果贝兆汉又去市里开会了。

第二天，李楚源又是一大早到了白云山制药厂，打更的师傅和他都熟悉了，道："后生仔，你这劲头贝总会喜欢的。"

应了师傅的话，贝兆汉开着汽车来到了工厂刚停下，李楚源就满面通红、气喘吁吁跑到他面前，一时激动，连话都说不出来了。

贝兆汉一眼就看出李楚源是位大学生，还戴着校徽呢。

贝兆汉安慰他："不急，有话慢慢说。"

李楚源这才讲了自己的求职意向，甚至，将学校为他保留两年读研资格的事也讲了。按常理，哪家工厂能要这样的人？好心将你留下，刚干两年就拍屁股走人了。

李楚源很坦诚，贝兆汉更自信。

贝兆汉听了点点头道："好，我接收你。但有一点你记住了，你在药厂干上两年，别说硕士研究生，就是博士研究生你都不想读了。"

贝兆汉说对了，两年后李楚源果然放弃了再去中大读研的机会，虽然有遗憾，但是他实在放不下药厂。

李楚源没读上研究生，多年后，却率领广药集团一帮中、高管，来到中山大学办了EMBA（高级管理人员工商管理硕士）班，去给研究生上课了。

贝兆汉在李楚源的应聘书上签了字，李楚源顺利成了白云山制药厂一名管理生产质量的技术员。

时间是1988年7月，广州凤凰树开得最为火红的时节。

白云山制药厂一路向上。

白云山制药厂药制得好，更需要好的推销团队，李楚源当了两年技术员后，主动请缨，转到了销售团队。

在营销队伍中，李楚源大展拳脚，在大江南北为白云山制药厂打下了一片江山，还被评为全国十大营销人物。

1991年李楚源加入了中国共产党。

1994年，李楚源因为人品、学识和战绩都很出色，被抽调回总厂，担任白云山制药总经理助理。

临危受命，撑起广药的天

有人说，成也贝兆汉，败也贝兆汉。

借改革开放的东风，贝兆汉将白云山制药（总）厂经营得风生水起。

1994年，贝兆汉荣获全国优秀企业家"金球奖"，就在这一年，贝兆汉带领白云山制药股份有限公司上市，创造集团销售收入22亿元，利润2.5亿元的骄人战绩……将广药集团的发展推到了高峰。

但是，这高峰也成了贝兆汉的顶峰。

雄厚的财力，个人权力的无限放大，让广药这艘大船渐渐偏离了航向，销售连年下降，连续五年亏损。

1998年，广药集团亏损达到4 600多万元。

这一年，贝兆汉被上级免去一切职务，提前两年退休，黯然走下了广药这座大舞台。

1999年3月，李楚源被提拔到白云山中药厂任党委书记、厂长，这一年，李楚源33岁。

此时，李楚源已在白云山制药干了十年。

李楚源懂技术，懂市场，熟悉销售，加上他十年浸淫药厂，他知道白云山制药的短板在哪里。

走马上任后，李楚源提出了白云山制药的"一个中心、两个基本点"。

一个中心是以经济效益为中心，两个基本点是内抓管理、外拓市场。

同时，他实施"人才、品牌、科技"三大战略。

对工人，实行计件工资；对销售，制定不同的销售政策；对科技人员，鼓励发明、创造。

李楚源宣布完"施政纲领"之后，便是抓落实。

事必躬亲，被一些管理专家视为贬义，意思是啥事都管，分不清主次。但是，古人却说："弗躬弗亲，庶民弗信。"白云山制药将这么重的担子交给他了，要没有点事必躬亲的精神，又哪能掌握全部情况，甚至制定下一步战略？

每天一大早，工人还未上班，李楚源便站在了工厂门前，抓出勤；生产时，他和工人坐在一起干活，抓生产；验收时，他和验收人员一起把关，抓验收；搞科研时，他将搜集到的最新信息交给科研人员，进行研究，抓科研；销售产品时，他和销售人员一起出门卖药，抓销售。

毛主席说，世界上怕就怕"认真"二字，共产党员最讲认真。

药厂工人一见这个厂长认真了，也都认起真来。以往那种懒散拖拉的风气不见了，甚至，团团伙伙也都变成了团队，大家拧成一股绳，将白云山制药这艘大船拉动起来。

功夫不负有心人，困难就怕打拼者。

李楚源带着白云山制药，一番摸爬滚打后，只用了一年，销售就突破了亿元大关，盈利1600多万元，创造了白云山制药历史上的最高利润，在业内引起不小的轰动。

李楚源带着白云山制药走出了第一步。

有了第一步就有第二步，李楚源带着白云山制药一路勇立潮头，猛打猛拼，成为广药集团的一艘主力战舰。

2001年，白云山制药成为全国首批将指纹图谱技术应用到中药质检的企业；

2002年，白云山制药建成全国最大的板蓝根GAP基地；

2003年，白云山制药盈利5000多万元，两个主导产品板蓝根和复方丹参片连续三年销售突破亿元大关。

——这一年，广药集团有限公司、白云山制药股份有限公司党委做出向李楚源同志学习的决定。

——这一年，李楚源被评为广州市劳动模范和广州市第八届十大杰出青年。

2004年，白云山制药一枚重磅深水炸弹炸响——李嘉诚旗下的和记黄埔公司与广州白云山中药厂正式携手，成立广州白云山和记黄埔有限公司。

广州白云山和记黄埔有限公司的成立，标志着广州白云山中药厂从此进入了跨越式的发展阶段。

2005年,广州白云山中药厂的资源、品牌、人才优势进一步凸显,企业发展如虎添翼,当年销售额突破5亿元大关。

2010年,李楚源被提拔为广州医药集团有限公司总经理。

2013年,李楚源接过广州医药集团有限公司、广州白云山医药集团股份有限公司一把手的担子,担任两家公司的董事长、党委书记。

广药集团的担子,至此全部落到了李楚源的肩上。

下了一盘很大的棋

如果把云谲波诡的商场比喻成一个棋盘,每一子的落下,无不考量着棋手的胆识和智慧。瞎闯乱撞不行,畏手畏脚不行,风物长宜放眼量,要有胸襟,更要有眼光。

李楚源成为广药这个棋队的主将,如何下好这盘大棋呢?

李楚源统观全局,重新布子,在战略、融资、管理、品牌、科技、创新方面六子齐发,再次开创广药发展新空间。

第一子:制定高瞻远瞩的战略方向。

"十二五"期间,李楚源提出大南药、大健康双轮驱动战略,勇立潮头,向国人吹响了大健康的号角。

李楚源同时提出了"136"发展战略。

"1"是打造新兴产业龙头企业,"3"是科学管理、风险控制和创新发展,"6"是资源、科技、品牌、人才、标准和国际化六大战略。

李楚源从顶层设计上构筑了发展路径、风险防范、廉洁自律等点、线、面结合的战略蓝图。

2014年,李楚源牵头制定了广药集团"千亿俱乐部"的发展规划。

2015年,李楚源联合广东省社科院,为广药集团制定了"十三五"规划，提出进一步推进产业、资产、人才"三大升级"战略，打造大南药、大健康、大商业、大医疗"四大板块"，培育电子商务、资本财务、医疗器械"三大新业态"。

正是有了这些前瞻性的战略，广药集团开始振翅腾飞。

2015年，广药集团销售收入750亿元，超额完成"十二五"规划的600亿的目标，年均增长22%。

2017年，广药集团顺利进入"千亿俱乐部"。

2020年，广药集团以年营销收入1 330亿元，排在中国500强企业第155位。

第二子：资本重组。

广药集团旗下拥有广州药业和白云山A两家上市公司，依托两家上市公司，共计拥有33家企业。

复杂的企业架构，使广药集团在实际生产、经营中存在同业竞争、关联交易等问题，内部资源难以很好地发挥和共享。

自2011年11月起，李楚源提出广药重组方略，拉开了两家上市公司、三家交易所进行资产重组的大幕。

国内首家涉及沪、深、港三地交易所的上市公司的资产整合，具有监管部门多、协调难度大等特点。

广药集团项目团队拜访上百家投资机构，召开了上百次协调会，发布了300多篇交易所公告，仅准备的文件材料就达上万页。

2013年5月23日，广州药业完成了换股新增股份上市，上市公司更名为"白云山医药集团股份有限公司"，至此，历经一年多的重大资产重组完美收官，开了中国证券史的先河。

对此，广州市政府发来贺信："广药此次重组将'载入史册'。"

第三子：资源整合，提高管理效率。

广药集团整体上市后，为做好内部的资源整合，建立一套符合重组后企业发展情况、能高效运行的管理模式，李楚源将集中采购提上了日程，制定了集中采购工作的"136"战略，形成了主体原料、辅料、包装材料集中采购平台，实施集中采购。

2014年，广药集团统一采购，当年就节省了成本1亿多元。集中采购实施以来，累计节约采购成本资金达到12亿元。

广州纪委对此高度评价，称其取得了"政治、经济双丰收"。

第四子：重新确立品牌，打通市场渠道。

王老吉和加多宝的品牌之争，全国尽人皆知。

2012年5月，广药集团依法收回王老吉生产经营权并授权王老吉大健康公司生产经营。

广药集团收回的王老吉，不过就是一个品牌，当时，没有生产线，没有经营团队，没有销售渠道，"三无"成了摆在广药集团面前的最大难题。

李楚源召集大家，做出战略决策，将王老吉交给广药集团大健康公司经营。

大健康公司一面上马生产设备，一面招录销售人员，对这些人员集中培训，又马不停蹄地搭建经销商、批发商、零售商架构。

如今，王老吉已经从"三无"发展为拥有1万多名员工、9大产业基地、6大子公司、超800万家终端网点、年销售额超过200亿元的大品牌了。

第五子：大搞研发。

2014年9月2日，国家食品药品监督管理总局向"白云山"正式核发枸橼酸西地那非原料药和片剂（商品名"金戈"）生产批件。白云山人16年的坚持和努力终于成就了首个"中国伟哥"——白云山金戈的诞生。

白云山人对金戈的研发可追溯到20世纪90年代。2001年3月获得国家药监局一类新药临床批件，2003年6月获得国家药监局一类新药证书。2012年9月，广药集团聘任1998年诺贝尔医学或生理学奖得主斐尔德·穆拉德博士为广药研究院院长，金戈研发如虎添翼。

2014年10月28日，金戈正式上市。上市仅一年时间，白云山金戈便名副其实地成为国内治疗ED用药的第一品牌。

李楚源说，专注、坚持、创新、团队——在这四种力量的推动下，白云山逐梦的脚步将永不停歇，像金戈这样的传奇将会在白云山持续上演，带领企业走向更为辉煌的成功之路。

第六子：产业创新。

2017年3月，广州市政府提出发展IAB计划，其中，生物医药是IAB计划致力打造的三大战略性新兴产业之一。

商业触觉敏锐的李楚源认为机不可失，马上排兵布阵，将科技发展对准了蛋白类物药、新型抗肿瘤药物、干细胞及精准医疗等方向，开始了一系列大动作。

2017年3月，白云山拜迪生物医药与南方医科大学、南方医院等单位共同成立了广州白云山南方抗肿瘤生物制品股份有限公司，开展新型抗肿瘤疫苗的开发及应用项目。

2017年5月，白云山制药与赛莱拉干细胞、美国斯坦福大学、粤港澳中枢神经再生研究院、暨南大学附属第一医院等签署了《干细胞产学研医国际合作八方协议》，联手在新型疫苗、干细胞、精准医疗、肿瘤病毒、蛋白类药物以及医疗器械等方面进行布局。

2017年9月，广药白云山国际医疗器械创新园落户黄埔区，与美的集团、科大讯飞等公司签订了战略合作协议，合力打造"智慧医疗"服务体系。

同时，广药在国际市场频频发力，与西门子等多家知名跨国公司达成合作，与美中硅谷协会签约引进硅谷的创新理念与技术等。

据资料介绍，现在，广州市现有生物医药企业3 800多家，其中国家高新技术企业约有1 000家，上市企业52家……生物医药产业规模近四年年均增速10%左右，2022年产业规模有望超过1 800亿元……这里边，广药集团占的蛋糕比例自不会少。

李楚源从事必躬亲到指挥若定，每一子落到市场这个大棋盘上，无不风狂电闪，惊雷阵阵……这，就是一位主将的气魄。

建神农草堂，凝聚千年中医文化

2006年，针对网络上中西医之争，李楚源突发奇想，要建一座中医博物馆，展示我国博大精深的中医文化，普及中医知识，推广大健康理念，进行爱国主义教育。

李楚源的想法得到了广药集团党委的支持。

中医博物馆被命名为"神农草堂"。

神农氏，也就是炎帝，又称五谷神，是中华民族的初始之祖，传说其教人制造出耒耜、烧陶等技艺，尤其他遍尝百草，更是为人所称道……东汉时期，众医家假托其名编纂的《神农本草经》，是我国第一部医书，书中所载360种中草药，以现代科学检测，很多药的药性确如书中所记，令人称奇。

神农氏是中华民族从新石器时代走向文明社会的象征。

广药集团要建神农草堂是一项大工程。

广药集团在白云山和记黄埔中药厂厂区辟地25 300平方米用于建馆，整个馆融"天然"与"文化"于一体，采用"堂中有园，园中有宫，宫中有馆"的布局，将中医药历史文化与原生态中草药种植结合起来，以此展示中医药文化，突出岭南特色，普及中药知识。

在博物馆建设过程中，"三个七"的故事广为传颂：七天编写剧本，七周调研，七个月建设。

李楚源被广药集团选为"神农草堂"博物馆馆长，亲自抓管理。

李楚源成立了"神农草堂"项目组，广泛征求大家意见。用了七天时间梳理出13万字的建设蓝本。在确定建设核心内容后，为了让神农草堂能更全面地展示中医药的文化精髓，项目筹备组肩负起追根溯源的重任，南下海南岛，北上大、小兴安岭，西至陕西，直入湖北腹地……取经探宝，完善方案，最后经过工程技术人员和工人们七个月的努力，一座中医药文化的殿堂在岭南面世了。

神农草堂分两期工程建设：一期工程于2006年11月开放，综合运用浮雕、景墙、实物标本、仿真药具、生态种植等多种方法，将知识性、趣味性、观赏性表现了出来；二期工程于2011年11月对外开放，展示的内容主要包括岭南医药、中医中药、药食同源文化及药用植物种植等四个方面，特设了岭南宫和松乔宫，以及百丈青龙画廊、逍遥馆、蹴鞠互动场、名方廊等特色景点。

神农草堂，成为中华民族七千年中医历史的浓缩景馆。

走进神农草堂，人们仿佛感觉中华民族七千年中医药史凝固在了这里，从大禹治水时的河图洛书，到扁鹊、华佗、葛洪、鲍姑、陶弘景、李时珍这些医学大家在这里各有天地；从《神农本草经》记载的各种中草药在这里随处可见，到特色南药在这里的广泛种植；从演绎中药的洗、浸、漂、泡、渍、水、飞、煅、炮、煨、炒、烘、焙、炙等工序，到王老吉起始、发展、渐进的180年历史……

古有"子女不知医为不孝，父母不知医为不慈"之说。

之所以如此，是因为古时缺医少药，大人孩子都要掌握一些中草药知识。

神农草堂的建成，让人意识到，药不仅在药店、医院里，更在我们身边，每一株树、每一棵草，甚至一点儿果皮，都可能治好我们身上的疾病。同时，在这里不仅能感受到古代医学大家为解除人类病苦，孜孜以求的奋进精神，更能学会一些药的炮制方法……神农草堂不仅成了青少年研学基地，能成为党员干部的廉政基地，成为社会各界寻百草、访名医、话养生的世外桃源。

而且，广药再次发扬仁义助人的精神，这处世外桃源参观全部免费。

神农草堂建成后，时任广东省委书记张德江同志为神农草堂做了批示，认为神农草堂的建成，是我省建设中医药强省、文化大省的重大成果，其社会影响十分深远。

李楚源说："习近平总书记说中药是我们宝藏，中药要传承好，要利用好，要发展好。2016年《中医药法》通过了，解决了中药传承的问题，怎么发展好？这就要利用好文化……我坚信，文化是最大、最重要的营销，任何企业做大和做强，都离不开文化；文化还是产业由大变强的一个催化剂。"

现在，神农草堂不仅是中药传播基地、AAAA级景区、国家文化旅游基地，还成了广州市反腐倡廉教育基地、爱国主义教育基地、党员教育基地等。

后 记

非常庆幸有一个比较全面阅读广州制造业的机会，虽然面对这个包罗万象、发展迅速的庞大方阵，笔者的阅读量必然是挂一漏万，更难免有走马观花之感，但笔者依然被强烈震撼着，心里充满着惊喜、感动和对这个行业的敬重。

作为已经崛起的中国制造业的重要组成部分，广州制造的体量与品质、继承与创新、品牌与服务、责任与匠心，都不遑多让，因此广货风行，势不可挡，益人利己，兼济天下，成为广州地区这片热土上的潮流正宗。在这伟大的潮流中，是一批批有担当有坚持、有知识有技术、有梦想有方向的业界人士在摸索着，拼搏着，孜孜以求，百折不回，百炼成钢，合力创造了广州制造的辉煌。

首先是众多传统品牌老店和与国计民生息息相关的重要国企，在政府主导下整合改革，既要创新壮大，做时代发展的表率，更要继承与坚守，守住稳定民生的底线。它们中的某些企业的经济效益可能不够优秀，有时甚至得承受政策性亏损并在亏损中负重运行，但它们依然把百姓利益放在首位，是全民奔小康的强大保障。它们值得享有人民的尊重与信赖。

其次要致敬无数在市场经济中沉浮奋斗的中小企业与个人作坊。它们基数巨大却往往默默无闻，它们在岁月风雨中跋涉，个体或兴盛或式微，或壮大或寂灭，但整体却如同鲜花一定会开，青草一定会迎春发芽一样势不可挡，并在阳光下蔚然成势，风行天下成为新名牌。它们的坚持与坚守，是千百年来制造业薪火相传的真谛。

而最让我们情不自禁为之鼓掌欢呼的，是高新技术产业，特别是智能制造方向的先驱者与探索者们。

人们一般认为，高新技术有一定门槛，从事的企业不会很多，但事实上，广州市获得高新企业认证的公司目前有一万两千多家，数量蔚为壮观。也可以说，在这条路上战斗的不是一个人，也不是一万个人，而是一支浩浩荡荡的队伍，一支数以百万计的大军。

众所周知，近年来，世界政治格局多变，暗流涌动，其中针对正在崛起的中国而来的暗流，还格外汹涌。已经成为经济发展主要引擎的中国制造业，面临的去中国化趋势越来越严重。毋庸讳言，这份来自西方某些国家刻意制造的压力，已经使一些中国企业遭受严重损失了。因为中国装备自给率虽然达到了85%，但主要集中在中低端领域。中国高端装备制造产业与国外的技术差距尚大，关键技术及核心部件仍主要依赖进口，对外依存度较高的状态一时半会儿还化解不了。

巨大的压力之下，屈从与求饶都是毫无意义的，奋起抗争做强自己，才是必由之路，也是必须之路！

这方面，广州智造领域的创业者们，以超前的意识与眼光、一往无前的勇气，以惊艳世界的技术进步，让我们感受到了自强不息的尊严和力量。

首先取得突破的是软件领域。软件系统是智能制造装备的大脑甚至灵魂，其创新进步是制造业转型升级与自动化的关键，也是"十四五"规划重点部署的发展路径。广东省软件产业的综合实力和产业规模已经连续多年位居全国前列，2020年头10个月的收入就达到11 000多亿。这其中，广州市的贡献最大，增速达18.5%，在全国4个直辖市和15个副省级市中排名第一。目前，广州连同深圳作为国家软件名城率先垂范，形成了以珠三角地区带动粤东、粤西、粤北协同发展，从业人员过百万的宏大格局，一批具有较强竞争力和自主创新能力的本土企业已经脱颖而出，成了中国软件产业链上的领军明星，每年收入过亿的企业就有1 000多家。

软件升级，成功地促进了人工智能技术的发展，而人工智能技术，又全方位促进制造业的智能化步伐。新一代人工智能技术与制造业实体经济的深度融合，成为应用市场一大亮点，催生了智能装备、智能工厂、智能服务等应用场景，创造出了一系列新需求、新平台、新业态，未来前景不可限量。

像人工智能领域的领军者广州云从信息科技（下称云从科技），就屡屡在智能制造领域开辟新需求，其人工智能应用的技术成就，遥遥领先于业界。

云从科技2015年由周曦创办，主要产品有北极星结构光相机、如意支付pad（平板电脑）、起云商业平台、灵云数据智能风控平台等产品，广泛应用于物联网、移动互联网、银行、安防、交通等场景，涵盖智慧金融、智慧治理、智慧出行、智慧商业等领域，其中服务的银行目前已经超过四百家。

云从科技不但是"基础资源公共服务""人脸识别产业化"等国家人工智能平台的承建者，更是国家人工智能及行业标准制定的重要参与者、国家新基建发展的中坚力量的代表。成立已有六年的云从科技研发出多项领先业界的智能技术，先后获得中国智能科学技术最高奖——第八届吴文俊人工智能科学进步奖一等奖等多种奖项，其3D人体技术和跨境追踪技术均刷新了世界纪录。

云从科技名列2020年中国新型创新企业50强第17位，2020年全球独角兽排名第69位，跻身民营企业500强行列的第321位。

云从科技将感知、认知、决策的核心技术闭环运用于跨场景、跨行业的智慧解决方案，让AI真正造福于人，助推国家从数字化到智慧化转型升级。云从科技布局的智慧金融、智慧治理、智慧出行及智慧商业等四大业务领域，每天为全球3亿用户带来智慧、便捷和人性化的AI生活体验，为人类生活品质的提升做出了重要贡献！

人工智能的飞速发展，更引发了自动驾驶、无人机应用等领域的革命性进步，像从事自动驾驶研发的广州文远知行、广州小马智行和发展无人机应用的亿航智能、极飞科技等公司都头角峥嵘，跻身广州十大科技创新公司行列。虽然，有些关键技术尚处于测试阶段，未来还有诸多不确定性，但正因为探索者须承受更多风险，我们才应该给予它们更多的掌声。

集质谱仪研发、生产、销售及技术服务为一体，在环境监测、生物医药、食品安全等领域发挥重要作用的禾信仪器，是广州又一引以为傲的智能制造公司，也是国家火炬计划重点高新技术企业，是国内唯一一家以"质谱分析技术"入选科技部"国家创新人才推进计划重点领域创新团队"企业。质谱仪在普通百姓眼里是个挺陌生的名字，但在环境监测、食品安全追踪任务越来越重的形势下，质谱仪及其相关服务的重要性正日益凸显。禾信仪器提出并被广泛采用的空气污染在线来源解析监测方法，以小时级别精准锁定污染源，助力国家打赢"蓝天保卫战"，已为国家避免了千亿级别的经济损失。目前，企业全力打造的"禾信质谱产业化基地"和"粤港澳大湾区高端科学仪器创新中心"正为实现高端质谱仪器制造全面国产化、国家高端科学仪器领域核心技术自主可控的目标发挥着巨大作用。

尤为令人振奋的是，广州市首家12英寸芯片制造公司粤芯半导体的首条12英寸芯片生产线已经建成投产，广州缺"芯"现状已然改写！

我国是芯片消费大国，因为技术瓶颈等诸多原因，芯片生产一直滞后，所以多数高端芯片都依赖进口。不仅花费大量金钱，近年来，还由于技术壁垒和个别国家的刻意刁难，芯片进口途径不时遭遇人为阻滞甚至断供，造成巨大损失。为改变这种局面，中国出台多项措施，投入大量人力物力，甚至政府层面，也全力为研制芯片站台，调拨土地，协调资金，用尽各种办法。然而，巨额的投入，却未见理想的回报，上海、武汉等地，还闹出上千亿规模的惊天大骗局，令人在扼腕长叹的同时，感慨国产芯片行业的艰难。因此，粤芯的正式投产，不仅是广州的成就，更是中国的喜悦！

粤芯半导体是国内第一座以"定制化代工"为营运策略的12英寸芯片制造公司，也是广东省及粤港澳大湾区目前唯一进入量产的12英寸芯片生产平台。作为一家以市场资本驱动、政府政策助推的广东省本土企业，粤芯半导体以差异化、细分化、定制化的营运定位，联合芯片设计、封装测试、终端应用、产业基金等资源，为打造粤港澳大湾区半导体产业链跨出第一步。

粤芯半导体项目第一期投资135亿元，新建厂房及配套设施共占地14万平方米，将形成月产40 000片12英寸晶圆的生产能力，产品包括微处理器、电源管理芯片、模拟芯片、功率分立器件等，满足物联网、汽车电子、人工智能、5G等创新应用的模拟芯片需求。

广州智造，当然不能只局限于广州区域；广州智造是粤港澳大湾区的经济引擎，自当有更多的责任与担当，自当有拥抱全世界的胸襟与气魄，自当有创造未来繁荣的智慧与追求！